U0028771

日本小學館正式授權繁體中文版

三姐妹

「我們……
都是醉鬼呢？」

Chocolate Disco

The Low Tier Character "TOMOZAKI-kun": Level.8.5

CONTENTS

1 第一個聖誕節 P.5

2 無名之花 P.51

3 心上人的女朋友 P.99

4 謊言與朝陽 P.131

5 大家一起唱的歌 P.165

6 被爐裡的天使 P.191

特別放送
「勇者友崎的冒險ＶＲ體驗版」 P.217

Design Yuko Mucadeya + Caiko Monma
(musicagographics)

弱角友崎同學

屋久悠樹
Yuki Yaku Presents

Fly
Illustration Fly

The Low Tier Character "TOMOZAKI-kun": Level.8.5

Lv.8.5

角色介紹

友崎文也
高中二年級。弱角。

日南葵
高中二年級。學校的完美女主角。

七海深奈實
高中二年級。開心果。

夏林花火
高中二年級。小個子。

泉優鈴
高中二年級。很吃得開的女孩子。

菊池風香
高中二年級。喜歡看書。

水澤孝弘
高中二年級。志願當美容師。

中村修二
高中二年級。在班上是頭目的地位。

竹井
高中二年級。體格很好。

成田鶇
高中一年級。很多方面都很自由自在。

紺野繪里香
高中二年級。班上的女王。

雷娜
二十歲。愛喝酒。

弱角友崎同學

The Low Tier Character

"TOMOZAKI-kun";

1
第一個聖誕節

關友高中文化祭結束隔天，在大宮的廣島燒店。

「那麼！各、各位！感謝大家願意過來這邊！」

面對聚集在此大約二十幾名的班上同學，泉跟大家打招呼。

「嗯——我們二年二班！不管是漫畫咖啡廳還是戲劇都做得很成功，成果令人非常滿意……」

「優鈴——！這樣太嚴肅了——！」

「咦、咦——!?那不然——……」

八成是太緊張的緣故，泉就好像校長在致詞一樣，換來柏崎同學吐槽。那讓泉焦急地左顧右盼，然後看著自己的左手一陣子，還一直嗯嗯地點頭，之後再度開口。那上面絕對有寫些什麼。

「今、今天要同時召開文化祭的慶功宴和聖誕派對……希望各位不要太拘謹，盡情享受……還有——」

「就說太嚴肅了嘛——！」

「咦、咦——……！」

之前八成已經練習過了，或者泉是把寫在手上的臺詞照著念出來，這下被觀眾幾句話逼得不知該如何是好。

「天氣變冷了，身體也要……就是——」

「加油——！」

「……啊——討厭！」

最後她自暴自棄地單手高舉拿在手裡的玻璃杯。

「總、總而言之！大、大家乾杯！」

「「乾杯——！」」

這種隨興的吆喝方式很有泉的風格，她一喊完，裝了無酒精飲料的玻璃杯輕微碰撞聲隨之響起。

十二月二十四日，這天是平安夜。

我們來參加關友高中文化祭的慶功宴。

一乾杯完，會場內頓時變得熱鬧起來，加起來總共二十人左右的成員們開始舉辦宴會。大家自然而然去找要好的團體加入，坐到六張設有鐵板的長桌前。

「好耶——！今天再來好好慶祝一下吧！」

對了我運氣不好，右邊坐的是竹井，一直聽到旁邊有他的大嗓門。我才剛皺了眉頭，竹井就邊喝可樂邊開心地將手繞到我肩膀上。

「小臂你今天當然也會變得很狂野對不對？」

「竹井你好吵。」

「好、好過分喔！」

我在對付竹井的時候已經不會再客氣了，會直接把自己的想法說出口。覺得這樣對待他有點隨便，可是對方是竹井，那樣滿合適的吧。

水澤和中村坐在我跟竹井正對面，他們隔壁是一群愛運動的男生，包括橘和橋口恭也等人。我左邊坐著一樣來自愛運動團體的松本大地，這樣一看會發現明顯只有我戰鬥力低下，不過玩 AttaFami 的話，我的戰鬥力技壓群雄所以算扯平了。

「啊哈哈，友崎對竹井還真不留情。」

這時坐在我旁邊的松本說了那麼一句話。他這話說得非常直接，害我有些狼狽地回應「會、會嗎？」。我都還沒做好心理準備，因為跟中村他們混在一起的關係，這一群愛運動的男生也自然而然開始接納我了呢。朋友的朋友都是朋友，要套用這套理論對我來說還太早了，拜託別這樣。

坐在一長排位子上的成員們似乎分成男女兩邊，中村率領的現充能量或許太強了，這團體的附近一帶出現男女分水嶺。日南、深實實、柏崎同學、瀨野同學組成的日南團體就待在竹井旁邊，身為執行委員長的泉也外派到那邊了。

「優鈴鈴妳也辛苦啦——！」

「嗯！謝謝竹井關心！」

「優鈴鈴妳今天也會放得很開對吧？」

「嗯、嗯？當然啦！」

剛才被我冷處理沒學到教訓，竹井這次改對坐在他右邊的泉意氣風發地開口。泉人很好，看樣子就算對象是竹井也願意認真回應。肚量真大。

「那好——！今天我們就喝個痛快吧！再來一杯！」

「但那是無酒精飲料喔！」

看到喝個可樂就變得像醉漢一樣的竹井，泉這樣糾正。

「喔，那竹井你要一口氣喝光嗎？」

「看我的——！」

一被中村煽動，竹井就迫不及待配合，坐在他們兩人隔壁的日南和泉看起來都有點困擾的樣子，邊笑著邊拍手。哎呀就算要他一口氣喝掉，那也只是可樂啊。喝了不僅不會喝醉還會提高血糖。感覺這兩個人變成大學生以後會不知節制亂喝東西。

「看樣子導演被嚇到了。」

這時突然有聲音從我正前方傳來。我看了才發現是水澤在講話，他一跟我對上眼就笑了一下。那笑容還是一如既往地可疑。

當我稍微笑了一下當作回應後，接著搖搖頭。

「這……他們那樣的喝法我跟不上。」

「哈哈哈。我看也是。」

說完這話後，水澤用彷彿在看某種眩目之物的眼神看著竹井他們。

「那樣喝我也不太行。」

「水澤也是？是喔，真意外。」

「會嗎？我不像那種類型的吧。」

「對喔……說得也是。」

的確，水澤雖然是中村集團的一分子，碰到這種事情就會變得特別冷靜。很少看到他像小孩子般嬉鬧，不過這個團體裡若是少了水澤，感覺好像會不知節制亂搞，所以我覺得有他在恰恰好。

「對了文也。」

「嗯？」

「——那齣戲劇，很有趣喔。」

「喔……謝謝。」

水澤突然話鋒一轉，用認真的語氣那麼說，臉上表情卻冷靜到像是事不關己。

文化祭。照著菊池同學劇本演出的戲劇，撇除自己人的加分濾鏡，最後也算是演出得很成功。

即便過了兩天，那股餘韻依然存留在我心中。

「……竟然在那邊下評語說很有趣，水澤你也是演員之一吧。而且還是主演。」

被我這樣吐槽後，水澤故意誇張地挑起一邊眉毛。

「是那樣沒錯。但我再怎麼說都只是順著劇本去做的角色而已。」

「只是角色啊……」

聽到水澤說出這種話，我的心情便不由得跟著嚴肅起來。

用玩家的觀點看，又或是用遊戲角色的觀點看待。

自從暑假一起去外宿之後，跟水澤在說話的時候總是會牽扯到這樣的觀點上。

「啊，但我說的角色已經不是那個意思囉，畢竟這次在作戰的人其實是你。」

「……這麼說、也對。」

話說得斷斷續續之餘，我一方面也在肯定他的說法。

當菊池同學想要朝著「理想」邁進、改變自我，而她那麼做又開始淪為徒勞的時候，我找了水澤商量，想從迷惘中找出答案，也從他那邊獲得重大的啟發。那麼在這種時候支吾其詞是行不通的。

若是少了水澤那種能夠改變我居於玩家單一視角的觀點的話，我肯定不會發現隱藏在菊池同學理想中的那份情感吧。

正因為這樣。

我認為這種時候有必要再加上另一句話。

「要說作戰——菊池同學也一樣。」

在我用清晰的語氣說完這句話後，水澤臉上露出感佩的笑容。

「的確是那樣沒錯。」

他的態度還是像平常那樣處變不驚，目光微微轉向菊池同學那邊。菊池同學鼓起勇氣來參加不強制大家參加的慶功宴，她坐在女生團體那桌的邊邊位子，正跟坐在隔壁的女孩子客客氣氣交談。

「她已經有所改變了。」

「……喔。」

我莫名有種像是自己受到誇獎的害羞感受，伸手抓抓耳朵後面。

「不過這樣一來，太好了。」

「太好了是指？」

在我反問後，水澤一臉悠哉地回應。

「之前看完最終版本的劇本後，我還在想這下不知道會變成怎樣……但你們在一起了，表示之後進展得不錯吧？」

他說那種話彷彿早已看出劇本之中包含的一切意涵，讓我捏了把冷汗。

戲劇《我所不知道的飛翔方式》。

裡頭充斥著我和菊池同學的人生觀，對我們兩人來說是很特別的劇本。

「那個——你、你都看透到什麼程度了……？」

「誰知道。也許我只是在套話而已。」

「你呀……」

被他那跟平常沒兩樣的輕浮態度耍弄，與此同時我還想多跟他詢問一些事情。畢竟關於那份劇本、關於那些角色和結局——我都還沒針對這些問過其他人有什麼感想。

那齣戲劇會被人如何解釋？我單純對此感到好奇。

「看了劇本果然還是會察覺到很多事情？」

「那當然。我頭腦很好。」

「好啦好啦。」

除了敷衍水澤那無意義的自我抬舉，我也被挑起了興趣。這傢伙該怎麼說呢，雖然會把我認真講的話打哈哈帶過，卻絕對不會完全不當一回事看待。

「那你怎麼想？……在看的時候。」

被我這麼一問，水澤嘴角依然上揚著，只有短短的瞬間躊躇了一下。

「這個嘛——就那樣吧。有個想法就是……竟然叫我演那種角色，文也好像有點殘酷呢。」

「殘、殘酷？」

面對這出乎意料的用詞，我感到驚訝。

「話說我負責演出的利普拉，雖說可以跟葵配對。」

水澤說話的時候看似故意地挑起單邊眉毛。

「但那個利普拉就是文也吧。」

「……你果然發現了。」

既然他都如此斷言了，我也無法否認。就好比是深實實察覺到的那樣，《我所不知道的飛翔方式》確實就是在寫菊池同學的故事……然後利普拉就是我。

只見水澤臉上浮現「說中了吧？」似的得意笑容，同時發出一聲嘆息。

「我想你大概知道……應該這麼說，你都有聽到吧？之前一起去外宿的時候，我跟葵說過的那些話。」

「有、有聽到……抱歉。」

「不，這種事情用不著道歉沒關係。」

水澤只把目光放到日南身上一下子，馬上又拉回我這邊。

「可是應該讓文也跟葵在一起的故事，卻找我和葵來演，不是嗎？」

「唔……」

「孝弘同學真是太可憐了——」

在那之後水澤半開玩笑地笑著，眼裡望著我。

「抱、抱歉……」

「哈哈哈！開玩笑的，你別在意。」

後來他換上輕鬆的語氣。

「其實從某個角度來說，我很羨慕你。雖然那是劇本……但一般而言都不會試圖深入去觸及人較脆弱的部分。」

水澤在說這話的時候，神情看起來有點飄忽。

「那表示你們是很認真看待的吧……兩個人都是。」

雖然是那樣，我彷彿看見在那表情之後，燃起一股想動念追尋某種事物的熱度。

在這股熱度的牽引下，我逐漸道出真正的想法。

「就因為願意去面對，我們才能找到交往的理由。」

「……這樣啊。」

在我坦誠相告後，水澤果然沒有顧左右而言他，而是把話聽進去，雙眼一直看著我。

最後他換上其他表情，用有點隨興的語氣說了這番話。

「總之太好了。你們兩個人原本是那樣認真面對，一起製作出的故事結局卻……到頭來那兩個人並沒有在一起。我當下還在擔心事情不知道會如何發展。」

「不過最後結果是好的。幹得好文也，這全都是我的功勞。」

「害、害你擔心了。」

「喂，怎麼變成這樣。」

他順水推舟把自賣自誇的橋段加進去，害我不得不吐槽一番。這也算是練習搞笑雙簧的成果吧。

「咦？你的說話方式是模仿我，而且我好像還給過你不少建議呢。」

「這、這倒也是……」

看我一臉困擾，水澤開心地呵呵笑。這傢伙這種時候特別難纏，那部分和日南很像。

「就算說全部是我的功勞言過其實，裡面還是有三成左右算我的吧。」

「你提出的比例讓人很難否認。」

我這一次的吐槽也沒有掉以輕心。

但實際上仔細想想後，感覺其中有三成是受到水澤的幫助沒錯。這樣一來我就欠他人情了。

「總之，我是真的祝福你們。」

「……喔，謝謝。」

水澤說完總算將目光轉到別的地方，並且補上這麼一句。

「所以說。你們要在一起長長久久……這也算是為了我好。」

「咦？那是什麼意思──」

我正想詢問那句話代表的意思──

「──什麼什麼！孝弘，你跟小臂在聊什麼？」

原本應該在旁邊跟那群女孩子相談甚歡的竹井突然加入我們的對話。水澤就好像切換開關一樣，變了一個表情轉頭看竹井。

「嗯，在說這陣子演的戲劇。講到故事讓人很感動。」

「啊──！會想聊這個耶！那故事好棒喔……」

因為竹井闖入，先前那種越雷池一步的感覺變淡了。「也算是為了我好」這句話是什麼意思，讓我有點在意。

但這下子就連人在附近的日南、泉跟深實實她們都注意到這邊，開始加入我們的對話，氣氛上已經不適合詳細追問那些了。嗯──就算了吧？

「啊，我也很想聊戲劇的事情～！那個故事真的好棒！」

此時泉用表裡如一的語調開口道。

「演技很棒對吧？」

「不愧是葵，都演到讓人有點害怕了！」

聽到日南得意洋洋地說了那番話，深實實笑著回應。日南跟深實實應該都注意到那劇本背後隱含的意義了，但現在大家都在場，就沒有提及那部分。

「啊，要聊戲劇的事情就把菊池同學一起叫過來吧。菊池同學——！」

「咦？來、來了……！」

在泉的呼喚下，菊池同學也被叫過來這邊，開始演變成一場熱鬧的戲劇感想討論會。

＊　＊　＊

「我是執行委員，沒什麼時間去看大家練習～！像是畫面轉成彩色的那段？我超感動的！」

「是在說那裡吧！這是菊池同學的點子，大家一起努力畫出來的喔。」

在泉率真地說出感想後，日南幫忙解說。

沒想到柏崎同學也變得很興奮，對此表示贊同。

「我看到那邊的時候也快哭了！想出這些的全都是菊池同學對吧？」

「那個……對、是我……」

「太厲害了！我不是內行人，但我覺得妳以後會變成職業作家！」

「這、這……謝謝誇獎……」

被現充用詞直接地大肆誇獎，菊池同學說話的聲音越來越小。這時瀨野同學還對菊池同學發動追加攻擊，說著「我喜歡的部分是……」，害菊池同學的臉越來越紅。

看著看著，就像是自己受到誇獎一般，我也跟著開心起來。

我和日南、水澤跟深實實已經發現那個劇本「背後包含的意義」，在解讀這個故事的時候會將那部分考量進去，必定會覺得感觸良深吧。

可是柏崎同學和瀨野同學的感動——卻是在沒看出菊池同學所寫故事的背後含義下，徜徉其中所感受到的最真感受。

那表示菊池同學想說的話、想打造的世界，也能傳達給一無所知的人們。

「水澤同學的演技也是從頭到尾都超強的呢！」

「哈哈哈，想說試試看結果就辦到了。」

「啊哈哈！好煩！」

話題從劇本轉換到演技上，瀨野同學和水澤聊得很開心。總覺得瀨野同學眼睛發光程度和跟我說話時不一樣，這就是花花公子的魅力嗎？

「不過，會不會覺得那部分出人意料啊？」

為了把對話拉回到原本的路線上，日南開口了。聽到她那麼問，瀨野同學的頭跟著歪了一下。

「那部分是指？」

「——就是最後那段。信件那邊。」

她這話說得不動聲色。我看見這句話讓水澤和深實實抖了一下。我的反應肯定更大。

「最後那邊是說……艾爾希雅和利普拉的結局？」

「嗯。」

面對深實實的提問，日南簡短地點了個頭。她的語調不帶任何色彩，似乎拒絕放入任何的意涵，聽在我耳裡顯得不自然。

對於知曉劇本背後意義的人來說，這個話題意義重大。因為那一場戲碼從某個角度來說正代表菊池同學曾拒絕過我一次——然後把日南跟我在一起當成一種理想看待。那可是這樣的一場戲。

「啊——那個啊。」

這時水澤端出詫異的表情，做出看似無任何異狀的回應。深實實則是交替在日南和我之間張望，觀察我們的表情，接著「哈哈哈——」地換上笑容。她大概是在煩惱要怎麼讓話題繼續下去吧。

當事人日南臉上的笑容一直沒有消失，她望著菊池同學。這傢伙為什麼要在這種節骨眼上突然去追究最後那段劇情。

日南也曉得深實實和水澤知道那場戲代表什麼意思吧，再加上當事人菊池同學跟我都在場；那麼照理說對日南而言，那一場戲表達出來的訊息應該是很重要的才對。

「我懂！我很喜歡克莉絲，很希望他們最後能在一起。」

「真的嗎？但我覺得艾爾希雅變成一個人很可憐，反而覺得那種結局比較好！」

柏崎同學和瀨野同學發表感性宣言。不知情的兩人說出那種感言使得凝重氛圍被沖淡了，剛才感受到的沉重感稍微變少了些。

「關於那部分……很難找到答案。」

兩人的感想除了讓菊池同學難為情，她的視線還瞬間拉到我身上一下。身為她角色雛形的人們都聚集在眼前，也難怪她會不知該如何撿選用詞。

「在故事裡應該要這樣發展嗎？」

「不過我認為在故事裡頭應該要這樣發展才對……才會安排成那樣。」

這時日南動作飛快地插嘴，不曉得這句話之中是不是還包含超越完美女主角立場的含義，這點我不得而知。

說時遲那時快。

「雖然是這樣……確實會讓人不免那麼想呢。」

水澤在這時轉眼直視日南。

「難免會那麼想？」

日南用格擋似的目光回敬，重複問了一遍。

緊接著水澤凝視日南——開口說了這麼一句。

「意思就是，也許那樣的結局是正確的。」

我明白他說那句話代表什麼意思。但也因為這樣，不知該如何是好。因為利普拉和艾爾希雅在一起的結局是對的，那就表示——

就連深實實也一臉困惑地看著菊池同學，而菊池同學再困惑地看著我。

這個時候開口的人是日南。

「嗯——是嗎？我覺得這有點難拿捏。」

「哦。這是為什麼？」水澤接話。

「因為艾爾希雅一直以來都強勢扮演公主的角色對吧？」

日南用很肯定的語氣那麼說。當然因為她是日南，有透過說話方式和語調來把這句話修飾得圓潤，裡頭也沒有包含聽了會讓人不舒服的字眼。

「結局變成那樣，感覺好像在說艾爾希雅以公主的身分表現得強過其他所有人，比其他人更剛正不阿，這樣子是錯誤的。」

但這是為什麼呢？

「雖然艾爾希雅在最後跟利普拉結合了，但艾爾希雅也許覺得那樣她就沒辦法繼續扮演剛強的角色。」

聽在我耳裡，這麼說就好像在當面拒絕菊池同學描寫的艾爾希雅這個角色一樣。

「……也對——那樣的心情不是不能體會！」

這時柏崎同學同意了日南的說法。

聽到她那麼說，日南回了一個明亮的笑容，換上友好的語氣繼續。

「對吧？但假如有人說克莉絲跟他在一起才是對的，那也讓人不好斷言，編劇本真的不容易呢！」

「糟糕！想像空間越來越大！」

之後日南和柏崎同學的對話開始柔和進行，而我們幾個晚了一步，原本疑似趨近的核心有如曇花一現，一下子就跟丟了。

「後來飛龍那一幕……」

後續對話逐漸轉換成單純的感言，跟結局或故事意涵有關的話題結束了。我想在這種情況下對話本來就會自然而然演變成這樣吧，我對這部分並沒有怨言。

然而隨波逐流加入大家的對話之餘，我不由得想著。

水澤問了那個問題。日南給出答案。

她表態拒絕艾爾希雅這個角色。

假如那個故事、主題，對日南而言都是不正確的。

那麼那傢伙的「理想」究竟是什麼樣子的呢？

＊　＊　＊

過了數十分鐘，慶功宴來到下半場。

「辛苦了。」

我靠近回到桌邊原本位置上稍作休息的菊池同學，跟她搭話。圍繞著桌子，大家已經自由交換座位好幾次，成員都打亂混在一塊了，大家自由自在交談。

「友崎同學。」

菊池同學先是轉頭看這邊，接著臉上浮現安心的神情。光只是這樣就讓我感到開心，自然而然展露笑容。

「累了嗎？」

聽我那麼問，看起來有點興奮的菊池同學雙眼綻放光彩，開始找話說。

「那個……」

最後她終於像是找到合適言詞般點了點頭。

「雖然也會感到疲憊……」

「嗯。」

「但我非常開心。」

她邊說邊滿足地笑了。

「覺得開心……嗯，我懂了。」

而我立刻意會過來。

「是因為大家都對這次的戲劇樂在其中吧。」

「……嗯。」

菊池同學看起來像是在細細回味，紅著臉說道。

「那裡面放了很多自己喜歡的元素……會覺得好像自己獲得認同，覺得心情很雀躍。」

「這樣啊。」

我面帶微笑聽菊池同學訴說。

「就算我不擅長跟人說話，或是打成一片……還是能找到這樣的交流方式。」

「……是啊。」

我緩緩地展露微笑，打心底認同菊池同學的說法。

在這個遊戲中，光是要像平常人那樣活著也要很努力。

那些遊戲規則原本並非自己所擅長。

為了讓大家能夠接納自己，而去尋找自己擅長的作戰方式，我覺得光是這樣就顯得很美好。

「還有……班上同學對我喜歡的東西樂在其中，讓我覺得若能慢慢跟他們建立良好關係，感覺應該很棒。」

「啊哈哈，是這樣啊。」

接著我稍微想了一下。

「不過妳用不著勉強自己沒關係。」

「勉強、自己？」

我小心注意以免表現得像在否決菊池同學，溫柔地點點頭。

「之前在討論劇本時也曾經說過……大家都不用特意去配合周遭其他人來改變自己，不是非得交成朋友才行。」

「……嗯，謝謝你。」

那讓菊池同學臉上浮現溫和的微笑。

「不過菊池同學如果還是想那麼做，就去做吧。」

「我明白了……會考慮的。」

「若是感到迷惘就來跟我商量。」

不知為何，菊池同學看似開心又認真地回應並點頭，之後再度看著我。

「嗯……當然好。」

她在說這話的時候有點像在撒嬌。

這種願意更進一步親近我的回應方式讓我很高興，使我嘴角不由得上揚。

「啊，對了。」

此時菊池同學發出呼喊，看樣子是突然想到什麼，她有點害羞地抬眼望著我。雙眼變得有些水汪汪，略為興奮地開口。

「友崎同學……聖誕快樂。」

「啊，對喔。」

這麼說來，對了。今天是十二月二十四日，平安夜。那就表示——

雖然我們才剛交往不久，但這是我跟菊池同學交往之後一起度過的第一個平安夜。

「嗯……聖誕快樂。」

「……嗯。」

被她那麼一說才注意到。

「抱歉，話說聖誕禮物……」

主要都是從漫畫等等得來的知識，「平安夜男女朋友要互相交換禮物」，我根據這點向她道歉，結果菊池同學搖搖頭表示「不用了」。

「那個……就是、我們也是從兩天前才開始的……」

「說、說得也是。」

「才開始」這個字眼。

大概是在講我跟菊池同學開始交往，她可能是害羞才說得那麼隱晦，察覺到這點的我也跟著害羞起來，變得坐立難安、心頭騷動。

「那就——」

「嗯、嗯。」

雖然彼此心照不宣，眼下氣氛卻讓人難以觸及這個話題。八成是我們兩人都沒經驗的緣故，不知道這種時候該怎麼做才是對的。

……既然如此。

想辦法圓場不就是男方的職責嗎？雖然根據依然是漫畫。

於是我決定看著菊池同學。

「呃……不過我跟菊池同學都已經在交往了。之後還有很多時間……」

我努力讓自己別在說話的時候移開目光，菊池同學則是紅著臉點頭。

「說、說得對……那個……」

「嗯。」

緊接著她似乎豁出去了，開口說了這番話。

「……明、明年我們來、交換禮物吧。」

「咦。」

菊池同學說出的話是以一年後仍然在交往為前提。那讓我聽了心臟怦怦跳，連腦袋都跟著打結。先等等，還以為現在自己碰到各種場面都能夠怡然自得、掌控交流步調，菊池同學好狡猾。

「嗯、嗯嗯。」

所以我在回應這句話的同時，眼睛也不由得別開了。這樣看起來會不會像是在說謊啊，為此擔憂的我將視線拉回去，結果看到菊池同學好像正有些不滿地盯著我。

「……了喔。」

「咦？」

在那之後她雙頰通紅，對我伸出小拇指。

「說……說好了喔。」

隔著瀏海間隙仰望我的溼潤眼眸，再加上對我伸出的白皙小拇指。

與其說這像天使所施加的魔法，倒不如說單純是女孩子會進行的美妙儀式。

「嗯……好，我答應妳。」

於是我用小拇指勾住她伸出來的小拇指，立下了孩子氣的約定。

這是為什麼呢，明明已經牽過她的手好幾次了，像這樣用小拇指勾著小拇指，卻有著一股令人難耐的熱度。

「——！」

我們兩人不發一語，而臉頰通紅的我和菊池同學怯生生地將手收回。

「菊池同學，妳的臉、好紅。」

「友、友崎同學才是！」

緊接著我們互看，輕輕對著彼此露出溫暖的笑容。

＊　＊　＊

隨著時間進展，慶功宴迎來尾聲。熱熱鬧鬧的時光轉眼即逝，再來就只剩大家交錢結帳。

「沒人用了──？」

「嗯。」

跟從廁所回來的柏崎同學擦身而過，這次換泉進入廁所。做好回家準備和交完錢的人都在位子上隨意交談，或是到店外面等大家收拾完畢，現場氣氛顯得很隨興。

深實實在店裡跟小玉玉搭訕，說「小玉！求妳跟我去咖啡廳約會！我有想吃的東西！」，中村和水澤在玩解開竹井鞋帶的遊戲，這是一些平常會看到的景象，不過──

就在這個時候，我目睹罕見的畫面。

「……嗯？」

在我的視線前方，有兩道人影出現在女廁附近。

一起站在那邊的是日南和菊池同學。

「唔……？」

這是很少見的組合。而且不像在排隊上廁所，感覺那兩個人正在談什麼正經事。看上去不像是相談甚歡，雙方的表情都很嚴肅。

剛才聊戲劇的事情，日南有提到比較深入的部分，是接著談那個嗎？不過除了我，日南還會在其他同學面前顯露那麼冷靜的表情，這情況真是少見。

之後過了一會兒，泉離開女廁。從她們兩人身旁經過，來到放了私人物品的這一側。

她一到我旁邊就轉頭看了那兩人一眼，然後用詫異的表情望著我。

「對了，友崎。那兩個人。」

「……嗯？喔喔。」我邊說邊跟著看那邊。「那樣的組合不常見呢。」

緊接著泉就用有點擔憂的語氣這麼說。

「話說剛才……」

「嗯？」

在我回問後——泉臉上帶著不解的表情，嘴裡如此說道。

「剛才菊池同學好像……在跟葵道歉。」

「咦？」

我沒想到她會那麼說。

「妳說在道歉，是為了什麼？」

「不清楚。只是經過的時候有聽到她說對不起，我想說偷聽不太好，就直接過來這邊了。」

「……這樣啊。」

光是她們兩個嚴肅對談就很稀奇了，居然還道歉……？剛才跟戲劇有關的一連串對話在我腦袋中閃過，但我想不到有什麼具體理由需要讓她跟人道歉，就只能呆呆地望著那兩人。

一陣子後終於——

「啊，過來了。」

「嗯。」

她們大概是談完了吧，正一起過來這邊。比起剛才那種嚴肅的表情，日南現下神情變得比較柔和，感覺不會顯得太險惡。

緊接著她用一種若無其事的表情看我跟泉。

「啊，大家都弄好了嗎？」

「對、對。」

被話說得雲淡風輕的日南牽著鼻子走，我不由得點頭。

「了解！那我們走吧。」

她連讓我提出疑問的機會都不給，我們四個人一起離開店面。

＊　＊　＊

在我們離開店面後，碰上意料之外的熱鬧景象。

「唔喔喔喔喔喔！這是雪吧!?」

只見竹井衝到路上，在那大肆喧譁。

「雪……？」

我跟泉面面相覷。

將手伸到屋簷外面查看，結果發現——

「咦，真的耶。」

心中一陣驚訝的我定睛望著落在手掌上的那樣東西。

「等等！這真的是雪耶！」

泉也舉起雙手，開心地呼喊。

「是喔……話說回來，天氣預報好像有說。」

我跟菊池同學都在下一刻輕輕地抬頭仰望天空。

平安夜的天空已經暗了下來。白色細雪飄落，輝映出鬧區的光芒，輕柔地飄落在我們身上。

「好漂亮。」

這時日南面露微笑開口。臉上表情很溫和，滿滿都是隱約散發包容力的慈愛。

這是她裝出來，或是真實的表現，我依然難以區分。可以的話，希望這種時候至少她能發自內心感到感動。

菊池同學則是出神地仰望天空，戴著手套的手掌向上舉著。臉上表情跟平常相比稚氣了幾分，彷彿一個天真無邪的少女般。

後來她輕柔地抓住一片柔軟雪結晶。

「……真美。」

而後她呼出白色的氣息，笑著抬頭看我。

「嗯，真的。」

我也點點頭，對菊池同學露出輕柔的笑容。

雖然現在不是在約會。然而這次跟菊池同學是初次一起過聖誕節，還在下雪。肯定單純只是巧合，說穿了就是在人生這場遊戲中隨機遇到罷了。

不過，究竟為什麼呢？

在這一刻，我覺得自己有如受到整個世界祝福。

「──是銀白色聖誕節。」

我徜徉在那樣的心情中，嘴裡喃喃自語。

「快點積雪吧──！這會讓人想打雪仗耶!?……咦，唔喔喔!?」

不料竹井卻大聲喧嘩毀掉我那沉靜的傷感之情，他還一不小心踩到溼掉的人孔蓋，滑了好大一跤。

「好痛啊!?」

這傢伙在搞什麼鬼，好端端的氣氛都被打壞了。

「……竹井，你好吵。」

景。

「好、好過分喔⁉」

於是我再一次對竹井直截了當地說出心裡話。

嗯，碰到氣氛太灰暗的時候，竹井會很好用，但碰到現在這種場面實在很殺風

「那好。我們就順勢續攤去唱卡拉ＯＫ吧。」

此時聽到中村如此提議，竹井也跟進。

「喔喔！聽起來不錯喔！」

他們兩個看到較慢離開店面的我們，臉上浮現有點奸詐的笑容。

「你們也會來吧？」

「咦，什麼、要唱卡拉ＯＫ？」

這突如其來的發展令我感到驚訝，而中村則是理所當然地點點頭。

「對，接下來要去。」

「這——……」

我支支吾吾。其實沒理由拒絕，個人覺得剛才下雪讓心情雀躍起來，順勢去也沒關係。可是如今我身旁還有菊池同學在，不曉得她想不想去參加那種活動。是說我猜她應該是不愛去的類型吧。既然如此，總不能這種時候放菊池同學一個人不管。

我正猶豫不決，一旁的泉適時插話提醒。

「是是修二，我們是很想去沒錯，但你看看時間。」

「啊？」

泉邊說邊將智慧手機的鎖定畫面放到我們眼前。看了才發現時間已經來到晚上十點。話說她的手機鎖定畫面是一張外貌姣好的外國女性照片，讓我不禁感嘆她果然在感性層面上與我有別。

「真是的……那麼嚴格。」

「不，只是在輔導你而已！」

中村跟泉開始拌嘴。這樣看來只覺得他們好像在雪中吵架的沒用丈夫和賢慧妻子，希望他們這一生都能這樣走下去。

不過確實如泉所說，埼玉縣這邊禁止高中生過了晚上十一點還在外遊蕩。超過了會被縣內吉祥物小鴿阿純抓走。

「沒關係，下次再去吧。畢竟這實際上也算是最後一次的寒假了。」

像是要當那兩人的和事佬，水澤雲淡風輕地插嘴。中村瞬間無言，接著點點頭，意思像是在說「沒辦法」。

「唉，好吧……那就先這樣。」

「咦——！難得下雪耶！」

相較於中村心不甘情不願地答應，竹井不甘願的點挺莫名其妙。

「不，下雪跟卡拉ＯＫ扯不上關係吧。」

「這、這麼說是沒錯啦……」

被中村那麼一說，竹井不甘心地閉嘴。一旦竹井被說服就會像這樣乖乖屈服，才不至於討人厭。

在那之後我偷看菊池同學。中村他們跟日南、泉還有深實實等人一起，好像開始在討論要改到什麼時候再去，菊池同學會想去那種地方嗎？

「……怎麼辦？」

「什、什麼？」

「菊池同學也想去唱卡拉ＯＫ嗎？」

我小聲詢問菊池同學。那讓她稍微猶豫了一下，接著筆直望向我，嘴裡那麼說。

「那個、我不擅長跟一大群人相處……就不去了。」

這是在拒絕邀約，但語氣聽起來並不冷淡。

「嗯，這樣啊。」

「是的。可是大家都對戲劇樂在其中……我很喜歡那樣的他們。」

「……明白了。」

有鑒於此，我笑咪咪地接納菊池同學的選擇。

這必定不是在拒絕，而是和平共存——任何人都不需要去遷就某種特定氛圍，她那溫和的言語彷彿在如此訴說。

「友崎同學你去吧，要玩得開心喔。」

「可以嗎？」

我如此回問，而她點頭以對。

「是的。因為他們對友崎同學來說都很重要吧？」

「……這個嘛，嗯。」

聽她說得那麼直接，我除了害羞，也用最真的想法回應。

「那麼我希望你也能一起去享受那段時光。」

她接著微微地笑了一下，並補上這句。

「之後希望──你能再說許多美好有趣的小故事給我聽。」

用溫柔語調說這些話的菊池同學，神情充滿光彩。

「嗯，我知道了。」

因此我率直地看著她，點點頭。

「……噗喔⁉」

就在這時，突然有某種冰冷物體飛撲到我臉上。

我急著轉頭，結果看到嘴巴張得老大、哈哈笑著的竹井，觸摸沾黏在我臉和衣服上的冰冷物體後，我發現那個是雪。也就是說，這是那個──

「你這個臭小子……不可原諒。」

我邊說邊瞪竹井，為了展開反擊開始收集逐漸堆積在不容易融化之處的冰雪，拿來做雪球。被人打一下就回敬兩下。然後逐漸加倍累計傷害，身為格鬥玩家就是要這樣。怎麼能乖乖讓人打。

「喔喔？小臂你要玩嗎!?」

「不只是AttaFami，我三不五時也有在玩第一人稱視角射擊遊戲。別小看我的射擊能力。」

「雖然不是很懂但我們來玩吧——！」

我跟竹井在那邊難看地耍嘴皮，泉看了露出一臉拿我們沒轍的表情。

「受不了——男生就像小孩子。」

當她說完，在她旁邊的菊池同學也看著我們偷笑。

＊　＊　＊

之後過了十幾分鐘。

「哈哈……被幹掉了。」

我跟菊池同學就站在從大路上走下一小段階梯能抵達的便利商店屋簷下。

剛才大家都在，至於我甚至還跟竹井展開醜陋的戰爭——現在就剩下我們兩個。

「呵呵，真的呢。」

並不是我刻意要跟她兩人獨處。在我收集角落那些雪跟人展開謎樣的雪球大戰並戰敗收場後，便被臉上特別笑容可掬的水澤和泉等人慫恿，照他們說的來便利商店這邊買熱可可，然後不知不覺間就演變成這樣了。

恐怕是因為迎來千載難逢的銀白色聖誕節，他們才會團結起來要我做些應景的事情。

我心想「多管閒事」，但能夠在這種狀態下跟菊池同學兩人獨處令人開心，說起來我也算很現實。

「大家都很會替人帶來歡樂呢。」

「咦？其實那些傢伙只是想看好戲……」

「……大概吧。但就算是那樣，我的想法依然沒變。」

面帶笑容的菊池同學吐出白色氣息，將鬆軟的手套放到嘴邊。

在大宮的南銀座大道上。站在熱鬧下雪街道上的菊池同學總給人一種遠離城市的脫俗感，不過她確實是用雙腳站在地面上的。說她身上散發有如妖精或天使一般的氣氛還不夠貼切，那單純就是一位有著神祕美感的女孩子而已。

「那……我們走去車站吧。」

「……嗯。」

就這樣，我也配合菊池同學的步伐，向前踏出一步。

接近年末了，周遭空氣顯得平靜緩和。參雜了平安夜熱鬧氛圍的大宮街道有別於往常，妝點著天空的白雪逐漸越下越多。

「好厲害……感覺好像真的會積雪。」

「搞不好會喔。」

紛飛的雪片飄落地面，在柏油路上溶解消失。

不過在停駐的腳踏車坐墊上、自動販賣機旁邊的垃圾桶、車站前種植的草木上頭。白雪一點一滴開始累積。

照這個樣子持續下去，等到夜晚過去迎來早晨，白雪也許有可能覆蓋整個街道。

「聖誕節……就只有、我們兩個人。」

「咦，嗯、嗯。」

這時菊池同學不經意說出這句帶有熱度的話，令我的臉在那瞬間燥熱起來。

「抱歉突然說這種話……但是我太高興……」

「不、不會。那個……我也很開心。」

雖然這段話說得並不流暢，但我們兩人肯定都是真心的。

在神聖的夜晚，男女朋友一起走在下雪的街道上。

這對我而言肯定是人生中第一個特別的平安夜。光只是走著都會感到幸福，這段時光令人有點難為情，卻覺得很滿足。

「……好熱鬧。」

「嗯。」

四處都有商店在播放聖誕歌曲。不知道是不是我多心了，走在街上的行人似乎以情侶居多。之前這種景象都會讓我感到孤單，可是如今的我會覺得那種歡快氣氛令人樂在其中。

大概是因為這樣的關係吧。身為弱角的我突然想將某個臨時想到的點子付諸實行。

接著我去收集聚集在草木上頭的冰雪，開始在手中將那些冰雪捏製成形。跟剛才和竹井打雪球大戰時做了好幾次的東西相比，現在又做得更仔細一些。

「呃——妳等我一下。」

「……友崎同學？」

我們兩人一起走在這迎接聖善夜的街道上時，我突然想到一件事情。

我跟她是在兩天前開始交往的。即便情非得已沒做任何準備好了。

這天兩手空空還是不免給人一種落寞的感覺。

於是我收集那些冰雪，做了兩個還不到手掌大的小球。做到這個程度，想必菊池同學已經知道我想做什麼了吧。會靈光一閃想到這個，多虧剛才和竹井打過雪球大戰，有生以來第一次，或許我得感謝竹井也說不定。

將那兩顆球立起來疊在一起擺放後，我把那樣東西放在手上遞給菊池同學。

「這個——……算、算是聖誕禮物吧……？」

我講話時沒什麼自信。

那個外型不怎麼好看的小東西就坐在指尖上，是一個小小的雪人。

只是揉成圓球做的，沒有眼睛也沒有嘴巴，表面光禿禿什麼都沒有，說這個是雪人應該還算看得出來才對。因為下面放了一顆大球，上面放著小球。

只見菊池同學一直看著這樣東西，過一下子就輕輕地笑了，然後把雪人拿起來放到她的手上。接著對我招手要我跟她過去一下，然後在某處樹根附近蹲下。

「把這個裝上去吧。」

菊池同學脫掉手套，拾起掉落在地面上，看起來疑似是小顆種子的東西。接著露出一個開心又純真的笑容，將兩顆種子放到我做的雪人上。

「……啊，變成眼睛了。」

「呵呵。對啊。」

最後完成的是身體醜陋還坑坑疤疤，放上兩顆大小不同的種子，有著濃濃手工製作感的小雪人。不管怎麼看都太過粗糙，總覺得仔細看會莫名有種好笑的感覺。

「這是什麼，超級醜的。」

「不過很可愛。」

「……也對。」

我跟菊池同學說完相視而笑。明明只是做了一件超級無聊的事情，卻覺得每分每秒都惹人憐愛。

真希望這段美妙的時光能永遠持續下去——

「……對了。」

於是我做出這樣的提議。

「要不要拍張照片做紀念？」

為了節錄這段時光，將它保存起來。

「嗯，我想拍！」

菊池同學說得很雀躍，那模樣看起來非常有女孩子的味道。

「太好了。那——這就來……」

在 Instagram 課題中學會的相機啟動方法派上用場，我立刻做好拍照的準備。

「好了。那我們來拍吧——」

「好、好的！」

接著我就拍下菊池同學、雪人跟我的三人合影。

「……太好了。沒有糊掉。」

「……？是呢。」

我說這話聽起來好像平常都會拍糊掉一樣，害菊池同學錯愕了一下，但沒關係。總之能夠順利拍攝完成就好。

「那我晚點再傳給妳。」

「嗯、嗯……！」

拍完以後，我跟菊池同學再度朝著車站走去。

「啊，這個雪人……不能搭電車。」

當時她惋惜地說了這句話。

「啊哈哈，雖然讓人有點落寞，但是這樣沒錯。」

總不能把那個雪人帶回去，於是我們將兩人一起製作的雪人輕輕放在樹根上。而後我們再度對視，一起對著雪人輕輕地揮揮手。

後來我們抵達大宮車站。就在這，屬於我們兩人的愉快時光結束了。

「那、那個！」

聽起來像是下定了某種決心一般，那聲音讓我回過頭，看到菊池同學帶著水汪汪的眼神抬眼望向我。

「下次什麼時候能見面……？」

「這個嘛……」

跟她和大家相處的時候不一樣，說的話語和臉上神情都很熱切。

「下次見面……希望只有我們兩個……就像現在這樣。」

菊池同學有點像在撒嬌，低著頭露出像在拜託我的表情。

光只是被她看著就會讓我害羞，菊池同學這下用那種眼神看我，我都說不出話來了。

「那個……先、先等一下。」

那種目光讓我的心融化，我看著手機裡的月曆，想要找出距離最近又有空檔的日子。

因為看也知道，我也很想馬上再跟她見面。

「……後天嗎？還是大後天。」

「那、那就後天！」

菊池同學的聲音很雀躍，急著附議我的提議。

「啊哈哈，好。」——話說到這邊我才發現一件事情。「……啊。」

聽到我發出輕呼，菊池同學不解地歪過頭。

我看了月曆察覺到某件事情。那就是——

「元旦這天有空……」

接著我盡量表現出有自信的樣子，自然不突兀，嘴裡那麼說。因為那是我自願想做的事情。

「我們去參加新年參拜吧。」

「我想去！」

只見菊池同學毫不猶豫地點頭，聲音聽起來很興奮。

「哈哈哈……那就……不要挑後天，改成元旦怎麼樣？」

我是想說不要占用菊池同學太多的時間才會那樣提議，結果菊池同學「咦」了一聲屏住呼吸，表情也變得黯淡。

「嗯？」

「那個……其實。」

接著她支支吾吾了一會，再度臉紅的她用溼潤的瞳眸仰望我。

「……這兩天都想跟你見面。」

這個樣子根本就太犯規了，聽她說出那種話，我再也無法思考任何事情。

「我、我明白了。那兩天……兩天都約、好了。」

我在說話時完全為她迷醉，菊池同學則是繼續低著頭，用散發熱情的語調回應。

「……嗯，我好高興。」

「唔……我、我也是。」

我們兩個用很笨拙的方式體察彼此的情感。

就只是約好下次要見面，原來是這麼讓人心動。彷彿那片灰暗已經離我很遙遠了，讓這一刻變得分外鮮麗。

我在想，這張照片和回憶於我而言，將會成為最棒的聖誕禮物吧。

＊　＊　＊

後來我們兩個經過檢票口。我跟菊池同學要走的路線不同，將會在這邊分開。

「那我……再跟妳聯絡。」

「嗯、嗯。」

怦然心動的感覺仍未停歇，我看著菊池同學的背影目送她離去。

然後獨自一人前往搭乘埼京線的月臺。今天發生的事情在腦海中復甦，感覺讓人有點飄飄然，覺得很開心，但是又有點寂寞。

我走下月臺的階梯，眺望時刻表。再過幾分鐘，我要搭乘的電車似乎就要發車了。我帶著依舊浮動的心緒搭上埼京線電車。

從開動的電車窗戶看出去，能夠看到下雪的大宮街道。

這使我不經意想起泉說過的話。

──「菊池同學好像在跟葵道歉。」

結果最後還是沒能問出菊池同學當時都跟日南說些什麼。我不想打壞眼下那種令人怦然心動的氛圍，最重要的是，我覺得那塊領域似乎非我能觸及。

搖搖晃晃地搭乘電車一陣子後，電車抵達北與野站。離開檢票口的我慢慢踏上歸途。

就在這個時候。

「啊。」

手機突然傳來通知。從口袋拿出一看，發現是菊池同學傳來的 LINE 訊息。

我毫不猶豫，直接點開對話畫面。

『今天謝謝你。

我覺得很開心，讓人目眩神迷，真的好快樂。

像是兩個人一起聊天的時候，約好下次要見面的時候。

會讓我真的覺得自己已經在跟友崎同學交往了，心跳得好快。

後天和新年參拜。我都非常期待。』

光是看到這些，我就當場難以自拔，差點整個人腳軟站不住。說這種話實在太狡猾了。

「～～唔！」

一個人走在北與野的街道上雖然會讓肌膚透著一絲寒意，但是手掌心裡有菊池同學傳來的訊息，和我們兩人一起拍的照片——那肯定比暖暖包溫暖多了。

弱角友崎同學

The Low Tier Character

"TOMOZAKI-kun";

2

無名之花

「砰——」

「啊——！葵姊姊，這樣不公平！」

「哪有——」

在小小的兒童遊戲室裡，天真無邪的聲音響起。

電視機接著老舊的遊戲機，前方有三個小學女生。在畫面中有戴著太陽眼鏡的點陣圖豬造型遊戲角色飛過，彼此之間發射光線槍應戰。

握著遊戲手把的人是葵和渚，在看她們對戰的是個頭最矮的遙。

「咻砰——」

邊出聲邊靈活動著手指，葵操作的豬造型角色「布因」動作飛快地躲過炸彈，用能量彈準確擊中渚。

「啊～～～～！渚姊姊被打到了——！」

「呵、呵、呵——太嫩太嫩。」

「又、又輸了……」

當葵把遊戲手把放下後，她露出得意的笑容。輸掉的渚懊惱地噘起嘴脣，愣愣地望著遊戲手把，但她馬上又很有精神地開口。

「再來一次！」

「咦～？不管玩幾次都一樣吧～？」

「才不一樣！下次我會贏！」

明明沒有任何根據，渚還是強而有力地斷言，帶著直率的眼神，用手握住遊戲手把。

「真是的，拿妳沒輒呢～」

葵刻意說這種挑釁的話，臉上神情顯得從容，她再度握住遊戲手把。遙則是用充滿期待的表情看著渚。

「渚姊姊加油！打倒葵大魔王！」

「沒問題——！包在我身上！」

「咦——⁉我是大魔王嗎⁉」

雖然被渚和遙消遣，葵還是哈哈大笑。

她們再度展開遊戲，葵這次也準確地挪動手指。

「嗚嗚……果然很厲害。」

畫面中有兩隻豬跳來跳去，用子彈射中對方再躲開，逐漸消耗對手的體力。

渚挑跟剛才相同的時間點放出炸彈。葵躲開了，還趁機讓渚吃子彈。

「呵呵呵，就這樣？」

然而就在那個時候，渚得意地笑了。

「這是騙人的啦……好機會！」

「咦。」

葵的子彈正要打中她時，渚發射第二顆炸彈。炸彈打掉葵的子彈，同時直線前進——直接命中葵的布因。

「啊～～～～！」

布因被爆炸炸到，從畫面上消失。最後螢幕上顯示出渚的勝利畫面。

『精準到跟惡鬼一樣！鬼正！』

渚操控的布因顏色不一樣，他擺出帥氣姿勢講出這句臺詞。

「太好了——！看吧？是我贏了——」

「好厲害！渚姊姊好強！」

「也感謝遙替我加油！」

「唔、唔唔……」

只見葵情感表現豐富地皺起眉頭，嘴裡發出孩子氣的懊惱聲響。渚張大嘴哈哈大笑，然後對葵發動突擊式的惡作劇。

「耶——！」

「渚、渚妳別這樣。」

不知如何反應的葵抱住渚，輕輕拍摸她的背，臉上掛著苦笑。

「葵姊姊！」

「嗯？」

接著渚在葵懷裡，笑容滿面地說了這麼一句。

「剛才好開心喔！」

那句話沒有半分虛假、沒經過任何修飾，率真又直接。

「嗯，真的呢！」

因此即便跟人比賽輸了，她也像在呼應對方一般，露出一個真心的笑容。

＊　＊　＊

「——唔。」

離開關友高中文化祭慶功宴兼聖誕節晚會後，在回家的路上。

日南葵的腦子裡，久遠的記憶重新復甦。

當時那段記憶中，渚和遙還在身邊，小小年紀的她覺得一小間兒童遊戲室看起來也好大。

搭乘夜晚的電車，葵許久沒有這種思考停滯的感覺了。

之所以會在這個時間點突然想起那些，理由她當然明白。

是因為菊池風香寫出的戲劇劇本，還有幾十分鐘前在慶功宴上跟她交談過的那段對話使然。

裡頭描繪的情感、交談時對方跟她說的話。

緩緩喚醒她長時間刻意不去回憶的一段過往，那段往事足以令她動搖。

看向窗外能夠看見夜晚的大宮，白雪靜悄悄地下著。過一段時間那美麗的純白將會掩蓋街道真正的面貌，彷彿是一張面具。

看著這樣的街道夜景，葵或許是在探尋那隱隱映照出的自我。

「……與我無關。」

她調整呼吸，獨自一人呢喃出聲。

感覺就像在對自己訴說般，又好像在對這個世界宣示。

無論如何，這句話透露出扭曲的強硬，如同胡亂敲打出來的鐵塊。

在那之後——葵心中有一段記憶被挖掘出來。

就是她曾經歷的一段戰敗，以及事後下了某種決心。

* * *

初夏。

成為中學三年級生的日南葵除了為某事嘗到成功滋味——同時也為之迷惘。

「噢噢，這次也是第一呢。」

她的班導師是一名男性教師，年約四十五歲左右，把大小跟A4紙差不多的成績單交給葵時，臉上有著滿意的微笑。看他帶著如此欣喜的表情，甚至會讓人覺得他對此感到驕傲，還把那當成是自己的功績。

「啊哈哈，謝謝老師，希望下次也能考到第一名。」

葵特地裝出柔和的笑容，接過那一張紙片。在那張紙上，各個學科都有寫出分數一覽表，最下方寫著「1/154」這段文字。

這裡是位在大宮市郊的某所公立中學。這串數字代表在同學年中，她於期末考考出最高的總分，不帶感情、片面地肯定她一路走來經歷過的那段過程。

「的確，畢竟競爭對手很多。妳不能掉以輕心。」

「說得也是……我會加油。」

重新換上一個表情，表現得一臉自律的她其實有十足把握。

這是她連續第三次考到第一名。她已經掌握手法了，只要重複繼續一樣的事情，下一次八九不離十也能考到第一名吧。

「這可是難得一見的連續第一。」

這是因為她直到中學一年級為止都落在平均分數——不，反而還在比平均分數低一點點的段位中遊走，在讀書方面的表現不如一般人。她花時間慢慢往上爬，最後終於來到最高點——也就是第一名的位置。

雖然肉眼看不到這一連串的努力，但她已經掌握了手感且能夠一再重現，這在她體內早已根深柢固。

「我會試著努力維持下去。」

「嗯，期待妳的表現。」

但也因為這樣。

她對此慢慢失去興趣。

「……要維持啊。」

「嗯?怎麼了日南?」

「啊，沒有。沒什麼。謝謝老師關心。」

——那是因為在這塊領域上，再也沒有能夠讓她「證明」的東西了。

＊　＊　＊

同一天，下午六點半。地點來到體育館的籃球場。

葵威風凜凜地站在排成兩排的社員前方，臉上神情嚴肅。

「好了，今天就到此為止。比賽即將到來，大家要小心別受傷。」

她擔任女子籃球社的社長，對社員露出充滿自信的笑容，接著放眼環視每個人的臉龐。

她們所有人加起來大概三十人左右吧。社員們全都用認真的表情看著葵，視線一跟她對上，她們就感到一陣緊張。這些全都出自葵打造出來的氛圍使然。

葵對社員們表現出來的樣子看似滿意地點點頭，接著臉上表情突然顯而易見地放柔。

「……各位，謝謝妳們，願意追隨我。」

「葵……？」

站在隊伍中央的副社長橫山千奈美為葵那急轉直下的表現一怔，發出驚訝的聲音。

「嗯，是這樣的，時間上也快到了……講是這樣講，其實距離比賽還有一個月左右，但我想要先說句話。」

葵裝出難為情的表情向下看，弄出能夠讓大家稍微瞥見的角度，短暫地展現害羞模樣，接著再次向前。

「這一兩年來，我覺得常常提出過分的要求……我不是都會過度要求妳們配合我的任性提議嗎？我對所有人都是這樣。比如突然調升練習的難度，或是要妳們達成不可能達成的目標。」

「沒這回事……」

「不。」打斷橫山的話，葵用溫和的語氣補充。「真的很謝謝妳們。」

她用慢條斯理的動作，撿起滾落在腳邊的籃球，在地上拍了好幾下。很有節奏感的咚咚聲以一定規律在籃球場中敲出聲響，搖撼著社員們的耳膜。

接著葵用雙手溫柔地包覆住籃球，把球接住，球場上再次恢復寂靜。等大家回過神才發現所有社員的目光都集中在葵身上。她早就知道重複性的節奏和聲響能夠吸引他人注意力。

「一開始呢，我很不安。」

「……不安？」

說出這種脆弱的話很不像葵，連帶牽引著社員們的情感。

「好一點的話，我們這所中學還能打進縣市大賽，但我卻突然要大家擠進全國大賽……我想大家會覺得未免太亂來了吧。」

葵平靜地說著，裝出一種聽起來像是在說真心話的口吻，陸陸續續將語句道出。

「不過，想必大家都相信……我是認真的。」

再一次，葵慢慢地表露出害臊模樣。不過這次放入比剛才更多的情感表現，話裡透著感謝之意。

「若是沒有大家在，我想我早就不行了。」

這時她換上若有似無的脆弱表情。動作上很溫和，甚至會讓人覺得很慈愛。在現場列隊的社員們都為那段話屏息——回過神可能會發現自己就好像被人操縱那般，她們一一吐露心中的想法。

「那……那是因為葵比任何人都要來得努力。」

「就是說啊。若是少了葵學姊，我們根本不可能發展得這麼好！」

「我也是……！可以跟日南學姊……一、一起打籃球！好棒……」

同年級的學生和後輩們說出心裡話，甚至還有社員哭了出來。葵面帶微笑環顧這一切，並且緩緩地點頭。然後臉短暫地背對她們一下，做出像是在擦拭眼淚的動作。

當她再度轉頭面向前方，臉上根本看不見淚痕。

葵對橫山使了一個眼色，將手中那顆籃球輕柔地傳給她。橫山伸手確實接住葵傳給她的球。

「雖然我說少了各位沒辦法晉級到這個地步……但不是到這就結束了，今後也還會繼續下去喔。」

葵再度用眼神對橫山示意，然後雙手舉到胸口前方。點了個頭後的橫山丟出那顆球，籃球再次回到葵手中。

而這顆球重新傳給二年級生加加見。

「少了大家鼎力相助，就沒辦法成為第一名。」

「……成為第一。」

這話葵說得理所當然。那究竟是指何種規模的「第一名」？即便社員們聽懂她說的話，卻沒什麼實感。

當葵再度舉起雙手，加加見把球重新丟入葵的那雙手中。這樣的舉動很有儀式感。不過那些都是葵早就決定納入使用的演出。

「我啊，是認真的。」

只見日南點了個頭，把右手放入運動服的口袋中。

「你們知道這是什麼嗎？」

嘴裡一面說著，葵拿出一小張紙片。社員們全都困惑地看著那樣的東西，一會後彼此互望。

「這……」

發現都沒人給出答案後，葵用俐落的語氣繼續說道。

「這是我今年的成績單。今天會把期末考的結果發還給大家對吧？」

葵說完再次看了橫山一眼。

「橫山，我以前一年級的時候也不太會讀書對吧？」

「這個嘛……嗯，是那樣沒錯。」

橫山附和葵的說法。她並非對葵的成績了解透徹，但印象中當時的葵確實不是特別會讀書。

「後來我逐漸提升成績……現在變成第一名。」

葵並沒有讓社員看那張紙，而是大方望著她們那麼說。

橫山早就知道會有這樣的結果，因此並未有驚訝的表現，但仍不免再次為這事實感嘆。

「葵，這樣妳就連續三次考第一了呢。」

當橫山如此說完，社員們都倒吸一口氣。只見葵點點頭，可能是對那答案感到滿意吧，沒有把成績單打開，而是收回運動服的口袋。

「其實，我不是要炫耀……只是希望妳們能對我有信心。」

葵認為她們不至於對她沒信心，但就算是這樣，她可能還是覺得社員們會認為灌注其中的意念不夠——為了讓她們心中的那把火點燃，葵緩緩地說著。

「雖然成績只在這所學校內有用，但我從原本的不擅長到認真起來努力，進而成就第一名……我覺得在這個社團也能夠辦到。」

大概是察覺葵話裡的含義了，社員們的意識逐漸被葵那番話和表情吸引。

「各位原本就很優秀，這兩年來認真努力。而且整個社團團結一心，朝著目標邁進。」

大家的目光再也無法從葵身上挪開。

「那麼我們想要達到的目標，一定能夠實現。」

接著她用強而有力的語氣補充，注意讓自己的聲音聽起來要夠誠懇。

「大家加油吧！朝著我們的目標邁進！」

聽到這句話，社員們異口同聲回答「是！」。

某些社員因為太感動甚至眼眶泛淚，也有相信葵而臉上帶著嚴肅神情的社員。每個人的表情都有點不一樣，但前提是大家都打從心底信賴葵。

感覺到所有人都達成共識了，葵再度大大地點了個頭。

當然一方面是因為大家早就滿腔熱血，決定要打入全國大賽——但更多的是。

「透過練習無數次的臺詞」讓眼前這些社員的心被打動。目睹了這個事實，葵感到很充實。

在此同時——也許她還有另一份期待。

就是在這個舞臺上，她可能還有空間去證明別的事情。

＊　＊　＊

跟社員們一起放學回家後，葵在車站跟她們道別並回到家中。

打開玄關的門脫下學校皮鞋後，她一度在客廳門扉前駐足。因為能感覺到母親就在門後方。

像是在拌炒某些東西的油花跳動聲傳入耳中。母親就在那邊，這個事實總讓葵的心產生些許動搖。

她將手放在胸前一會兒，然後這隻手直接順著伸入運動服口袋中，碰到裡頭的成績單。拿這個給母親看，她會有開心的反應，自己則會有相對應的心情變化。邊模擬這一切，她伸手開門。

「……我回來了──」

邊轉動門把，葵發出沒有半點心眼的純真嗓音。往裡頭一看，果不其然她的母親就在那邊。正在廚房煮飯的母親對著葵微笑。

「妳回來了。來得正好。」

「來得正好？」

「現在剛好煮好。是葵喜歡的漢堡排，有加起司。」

「太好了。謝謝媽媽。」

裝出與在學校時相比顯得更加稚氣一些的笑容，她直接來到餐桌的固定位置就坐。

接著母親也為正在煎漢堡排的平底鍋蓋上蓋子，來到葵的正對面位置坐好。

「咦，不用管餐點沒關係嗎？」

「嗯，最後要像這樣蓋上蓋子，稍微用餘熱悶一下。那是能夠讓肉變軟嫩的小技巧。」

「是喔！」

葵做出有點誇張的反應，那讓母親微微一笑。

「最近在學校過得如何？」

她隨口說了這麼一句話，這讓葵頓時渾身一震並繃緊身體。

因為她早就知道接下來對方會誇獎她。

「……對了，考試結果出來了。」

葵假裝自己是剛剛才想起來，裝出自然的語氣那麼說。

「是嗎？結果如何？」

媽媽這句話說得雲淡風輕。不過葵還是刻意裝出純真的表情，調整成平穩的語氣再開口。

「沒想到，我又考第一名了。」

那讓她媽媽開心地回應。

「是嗎！好厲害呀！」

接著她看似頗感認同地點點頭，並且露出溫柔又幸福的笑容。

「嗯嗯，果然葵——就像向日葵一樣，是個會朝向太陽綻放的女孩。」

母親的回答再度讓葵為之震顫，一時間無言以對。下一秒她立刻重新堆滿笑容。

「……看吧？」

「嗯，是我引以為傲的女兒。」

「啊哈哈，真誇張。」

不出所料，對方一臉欣喜，無條件誇獎她。兩人稍微聊了一會，母親嘴裡說著「差不多了」並從位子上起身。葵大大地吐了一口氣，有那麼一瞬間，為自己的怯弱咬住嘴唇。

最後母親將煎好的漢堡排放到盤子上，端到桌子那邊。

「可以幫我把遙叫過來嗎？」

「好——」

在母親對葵說完那句話後，她就前往小學六年級生遙的房間，那是小她三歲的妹妹。

「遙～？」

當她爬上樓梯敲敲房門後，裡頭傳來「再等一下——！」，聲音聽起來很著急。

隔著房間的門，隱約能夠聽到像是遊戲背景音樂的聲音。

「吃飯囉～」

「知道了——！等這一場打完就去！」

「好——」

除了苦笑，葵在同一時間走下樓梯，重新坐回位子上。母親在廚房那邊準備三人份的餐點。

漢堡排旁邊放了炸薯條跟炒紅蘿蔔，搭配白飯，副餐是親手製作的高麗菜沙拉，另外還有義式綜合蔬菜湯。以家庭料理來說算是費盡心思，很豐盛的菜色。

「遙呢？」

「正在打電玩。說這一場結束了再過來。」

「呵呵，還真是入迷呢～」

當母親把三人份的餐點排在餐桌上時，她臉上浮現愉悅的微笑。

「對啊……那遊戲好像叫做AttaFami？」

「對對。」

「好像很流行呢——我們班的男生也都在玩。」

母親在那之後來到葵正對面坐好，兩人一起等遙下來吃飯。

「葵妳不玩嗎？」

「嗯——我還要再看看。應該沒空玩電玩。」

了。」

「啊哈哈，也是啦。要練習籃球又要讀書，如果還要玩電玩，那樣未免太勉強

「……嗯。」

話中細節讓日南感到有點不對勁，但她還是不時會跟母親閒聊幾句。過不了多久，遙也從房間出來了。

「咦——！是漢堡排耶！」

當她說完，母親就得意地笑了。

「對啊，而且還加了起司。」

「咦咦——！是姊姊喜歡吃的！」

面對遙單純不加修飾的反應，葵露出一種看似安心又溫柔的微笑。

「對啦對啦。好了，快點來坐好。」

她們三人全員到齊，開始吃晚餐。大家一起合起雙手說「我要開動了」，熱鬧的晚餐時間接著展開。

就像這樣，一起度過平穩的家庭時光。可是除了那份平穩，葵臉上表情還多了別的東西，那就是無法定義自己的不安定感。

＊　＊　＊

吃完晚餐後，葵來到她的房間。

她打開筆記型電腦，開始編輯每天都會製作的表格檔案。

在電腦畫面上，記錄了自己一直以來的小考及定期考試成績，以曲線圖的方式呈現。

一開始曲線是以將近橫線的形式前進，傾斜度逐漸增加，最後加速提升高度，到達頂點。除了代表她考取第一名，還表示跟努力投注量相對的成果獲取效率逐漸提升，那表示她正逐漸朝向「努力方向正確」這個型態修正。

「很好……很好。」

葵一下子吸氣一下子吐氣，有些興奮地望著表格。她看的是現況、過程，還是往後呢？

不管是哪個，看著表格的表情都沒了先前那種動搖。

「……接下來。」

接著葵切換應用程式，開始編輯文字檔。螢幕上的文字編輯程式列出標題「中期目標」，下面還羅列了一些文字像是「在定期考試中維持學年第一名」、「成為籃球社的王牌並帶領大家打進全國大賽」、「成為校內風雲群體的核心人物」。

她的手指伸往鍵盤下方的觸碰面板。慢慢用指尖滑了一下，畫面上的滑鼠游標選取一段文字，將那些字反白。

然後葵定定地看著畫面——

「噠」的一聲，輕輕按下按鍵。

在那瞬間，原本顯示在畫面上的三段文字消失得一乾二淨。

只剩下「中期目標」這個標題，和下方一大片空白。那些目標原本是她前進的指標，達成之後也只會換來一陣空白，成了一段毫無意義的文字。

「好了——」

葵特意要自己做個深呼吸，進入思考模式，藉此壓抑焦躁的感覺。奔跑的過程很開心，可是一停下來就會狂冒汗。她的心臟逐漸從奔跑狀態恢復為常態。

在定期考試中跟人比較成績，在班上競爭社交能力，還有在籃球這塊領域以實力競爭。最起碼在學校這片領域中，她在那些範圍都取得第一名了。

那麼下一個目標。

只見葵微微地點頭，邊回想今天社團活動的經過，邊逐步打上新的文字。

她希望能夠稱霸世間萬物，而且能一再重演。

那麼——如今她需要新的視野。

那是她還沒辦法到達的地方。

「帶領籃球社贏得全國第一名」。

死死盯著在心中立下的誓言，葵滿足地關閉那份文字檔。

＊　＊　＊

後來經過一個月。

「我們絕對要贏！都打到這邊了，要拿第一！」

葵他們順利在縣市大賽中晉級，站上全國大賽的舞臺。

沒沒無聞的中學有這番大躍進。光這樣就已經算是好到不能再好的結果了，然而那些單純都是努力的量和質所催生的必然結果。

至少以中學社團活動這領域來說，葵的做法算是相當精良了，可以這麼說吧。

「嗯！不能大意，大家要像平常那樣表現！」

「啊哈哈，橫山學姊，那是葵學姊一天到晚掛在嘴邊的。」

「討、討厭！我才沒說過這種話！」

社團成員們朝向一個目標不斷努力，在終點前方互相支持，一直謹慎小心，在磨練他們的身手。

「那我們走吧！」

在葵等人的帶領下，全國大賽之戰正式開打——

——然而。

兩天過後。

葵在籃球場上流著眼淚。

全國大賽。從日本脫穎而出的精英們來到這個大舞臺上競爭。

她們的隊伍獲得第二名。

當然她流下的並非欣喜的眼淚。

面對全國第二名這個結果，日南葵流下懊惱的淚水。

可以肯定的是，那已經算是超乎預期的絕佳成果。直到前年，這所中學好一點頂多打到縣市大賽，這次卻突然成為亞軍。雖然跟冠軍擦身而過，但任誰看了都會覺得這是非常棒的大躍進。

催生出這項成果的中心人物就是葵。稱讚她都來不及了，怎麼可能去苛責她。

——儘管如此。

「冠軍是八柳中學。」

在閉幕典禮上。聽到不屬於自己的學校名被加上「冠軍」這個字眼，日南葵流下不甘心的淚水。

原本這個結果已經夠棒的了，她卻懊惱到宛如整個人都要被撕裂一般。那代表了她的覺悟，努力的證明，又或許是無法逃離的咒縛吧。

「……」

站在她身旁的副社長橫山默默將手放到葵肩膀上。

然而她就連呼喚葵的名字都辦不到。

這是因為看著如此啜泣的葵，她才發現一件事情。

當然這一年來，她也付出了嘔心瀝血的努力，那是在先前人生中未曾有過的。

仿效葵，或是追著葵的背影，以及──為了實現葵的夢想。

然而這些努力肯定都遠遠不及葵做過的。

橫山──不，恐怕這支隊伍的所有成員。

在心中某個角落都懷抱那種想法。

假如日南葵有五個人，她們大概早就贏了。

因此橫山和社員們只能保持沉默。

追隨日南葵，她們一直在追求的「全國第一名」這個夢想，說穿了就是日南葵賦予她們的。並不是她們一開始就想追求的夢想。

「……唔！」

自己的天真、無力讓橫山咬住嘴脣。

就算如今察覺，時間也無法倒流。更無法顛覆結果。

回想起來，她們一碰到問題就會去拜託葵，在比賽中遇到關卡，回過神也會發現自己一直在尋找葵的身影。

然後不知不覺間，她們不由得浮現某種念頭。

不用靠她們自己的努力和實力去達成夢想——葵必定會帶著她們實現。

「……嗯，小橫，我沒事……」

因此橫山，還有那些社員。

她們不敢去安慰葵，不敢去讚揚彼此的表現。

除此之外——就連發自內心感到懊惱都辦不到。

＊　＊　＊

幾小時後，社團顧問帶大家到位於大宮的日式餐廳。

在賽場上的那種緊張感已經變淡了，替大家加油的候補選手以及學妹加起來共有三十人，她們包下一間寬廣的和室，舉辦慶功宴。

「葵學姊辛苦了！」

「妳好帥氣喔！」

「唔唔……！能夠打到第二名超強……！」

學妹們紛紛讚頌她們的豐功偉業，出言讚賞這次打出的成績。雖然這為葵那極為乾涸的心稍微帶來一點療癒效果，卻沒辦法傳到她心坎裡。

這是因為要找到跟她一樣努力，能夠打從心底互相讚揚那份努力的人，至少在這個地方根本找不到任何一個。

「啊哈哈。嗯，謝謝妳們。」

於是葵也只是表面上迎合那些話，裝出淺淺的笑容。

慶功宴來到尾聲。最後由球隊中的正規成員逐一致詞，接著大家再解散。

五位正規隊員來到前面站好，其他社員都在凝視她們的身影。

「我……長這麼大還是第一次那麼努力……！都是因為有葵在……！」

正規隊員陸陸續續致詞，每一句都是對葵的讚揚和感謝。

「我……能夠跟葵……跟大家一起打籃球，真的很開心！」

透過她們每個人的口，傳遞出淚水交織的正向情感。沒有半分虛假，因此這些話也一點一滴影響著葵那還未徹底加固的感性部分。

一邊壓抑一陣陣膨發出來的情感，葵頭也不回地面向前方。

四名正規球員的致詞結束，只剩下最後一個。一切是那樣的順理成章，葵負責壓軸，她的致詞將會讓這次的社團活動全面落幕。在場所有人都專心聽她說話。

葵的雙脣緩緩開啟。

「……各位，這一年來謝謝你們。」

葵裝得像是很努力才能說出這些話。要戴上假面具演出一個稱職的籃球社社長。

「因為有大家在身邊，我才能夠這麼努力。」
處在痛徹心扉的懊惱情緒中，她拚命尋找最理想的用字遣詞。
「若不是跟妳們在一起，我想我根本辦不到。像這樣痴人說夢，一般而言根本不會有人相信。」
這麼做都是為了讓自己一路走來扮演的角色有個完美結束。
「最後差一點就能達到目標，但能夠獲得第二名也算是很了不起了。」
為了再一次證明自己是對的。
「所以這一年來，能夠跟大家一起鼓足勁打籃球——」
然而就在那個時候。
在她的腦海中，宛如觸手一般的黑暗違和感開始糾纏她。
「……能夠跟大家一起打籃球……我也、很開……」
她的話說到一半就卡住了。灰暗的情感從體內湧現。
再來只要說些漂亮話、充滿理想的話。說自己跟大家有著一樣的感受就行了。只要那麼做，這一年來持續投注心力參與的「楠木中學籃球社社長」這段漫長演出將能順利落幕。
然而葵——卻沒辦法把後續的話說完。
「我也……」
她沒辦法和大家有一樣的心情。

因為──在比賽中輸了。沒辦法達成目標。

即便如此還是覺得打籃球「很開心」──眼下在她的心中，這種情感連一絲都不存在。

感情和思考。能感受到這兩者逐漸越來越不受控制。

「……唔。」

這個時候她注意到一件事情。

那就是肯定只有她看待事情的角度跟別人不一樣。

現在的她，一定沒辦法再變回以往某個時期的自己了。

她跟大家是不同類型的人──沒辦法跟任何人交心。

一回神，葵發現自己流下碩大的淚珠。就連她自己都不是很清楚原因，只知道自己心中出現了難以自拔的孤獨感。

「葵學姊……！」

被葵那份情感渲染，學妹們也同樣流下淚水。當然她們完全無法理解葵心中真正的想法。只是看到她哭泣就產生移情作用，社員們對葵的向心度已經來到這個地步了。

只不過。

「……葵。」

當下正規社員們心中浮現的情感有別於這些學妹。

做著最後的致詞，流著悔恨的淚水。但葵眼裡卻完全沒有緬懷過往的脆弱神色，就好像壞掉了一樣，視線直直地望向前方。對於所背負的事情將會負起一切責任，那神情顯得對此毫無半分迷惘，實在太過孤傲。

透著一股沉靜又過於不自然的強悍感。

正規成員們這才首度對葵——感到恐懼。

想必那是葵初次顯露的破綻。

但此時此刻——因為有名為演技的盔甲遮掩，她才能掩蓋那異樣的強大。

「所以各位……謝謝妳們！」

最終葵還是沒有把那些話說出口，她結束致詞。

＊　＊　＊

這天深夜。

一臉空虛的葵不停看著電腦螢幕。

在她眼前列出的是「中期目標」這段標題，下面寫著「帶領籃球社贏得全國第一」這段文字。

葵選取這段文字反白，手指放在刪除按鍵上猶豫不決。

「……唔。」

她要確認目標並更新，就像在格式化，照理說這是已經做慣的行為。

然而在這瞬間，她卻不願意按下按鍵。

因為那是無與倫比的屈辱。是她第一次遭遇的決定性敗北。

因為「再也沒機會達成」，居然要消除目標。

葵咬住嘴唇，想辦法壓抑，不要讓自己心中的那根支柱腐朽——同時衝動地按下鍵盤按鍵。

暴力的聲響在房間裡響起，用來敲擊的手指，第二關節有些疼痛。

最後文字消失了，剩下一片空白。

她心中的空洞呈現在眼前。

能夠填補的東西——再也找不到了。

「……姊姊？」

這時門後方突然有聲音傳來。有所警覺的葵趕緊調整聲音，做出回應。

「嗯——？遙？」

「那個……」

「……怎麼了？」

緊接著遙說了一句讓葵意想不到的話。

「……要不要玩遊戲？」

「咦？」

葵很驚訝。對她而言，這是睽違已久的提議。幾年前她們常常三個人一起遊玩。自從那天開始，她們姊妹就再也沒有一起玩遊戲。

肯定是因為她開始像鬼上身般拚命努力。又或許是葵本能地感到害怕，怕會挑起相似的記憶，想起那天有多麼光彩奪目。

總而言之，遙會像這樣邀她玩遊戲，這種情況並不常見。

「姊姊，我們來玩 AttaFami……好不好？」

＊　＊　＊

「大・勝！」

「騙、騙人……」

Attack Families。通稱 AttaFami。坐擁全日本最多的競技參與人口，是屬於對戰類動作遊戲。

在客廳的電視前方，葵和遙手裡握著遊戲手把。

葵不知道妹妹怎麼會突然邀她跟自己對戰。也許是發現葵樣子怪怪的，想要鼓勵她也說不定。

然而遙在面對遊戲的時候，就像以前三個人一起對戰時那樣，並沒有手下留情。

「唔……」

只見葵一臉震驚，看著最終計分畫面。小時候沒來由地對電玩遊戲這種東西著迷，在三姊妹中最會玩的人也是葵，雖然葵沒什麼在玩 AttaFami 就是了，但遊戲角色的命總共有四條，才打到第一條就輸給對方，真是萬萬都想像不到。

「我竟然輸得那麼難看，敗給小我三歲的遙……？」

「妳的修行還不夠呢～」

「再、再來一次！」

「可以呀——」

就這樣，兩人再度對打起來，但結果跟剛才差異不大。其實這說穿了就只是兩人在 AttaFami 上有經驗落差，但即便如此，葵還是不服氣。

「可、可惡！」

「太嫩太嫩。」

「咦——！為什麼打不中！」

「這叫做即刻迴避。」

「沒、沒聽過……」

雖然被人單方面虐殺，這場對戰卻很熱烈。

被小學六年級生玩弄於股掌之間的中學三年級生看起來有點稚嫩，又非常的拚命。

「又、又輸了……」

「輕鬆獲勝！葵姊姊，妳是不是書讀太多，玩遊戲才會變這麼爛？」

「妳……」

這話葵是瞪著遙說的。

當然要說這兩人幼稚，她們也都還算是孩子。然而葵原本就屬於不愛服輸的類型。輪到這種地步都沒機會扳回一城，她打心底感到不甘。

可能是她們鬧出很大動靜的關係，在專心打電玩的兩人背後，不知何時母親已經站在那了。單手拿著上面還沾了泡沫的海綿刷，呆呆地眺望這兩人。

葵發現母親出現後「啊」了一聲。就好像被人看見丟臉事蹟一樣，她莫名感到可恥。

然而就在這個時候。

母親望著葵，面帶微笑瞇起眼睛——說了讓她意想不到的一句話。

「……葵看起來好開心。」

「咦？」

對方說這話完全在葵意料之外。

眼下自己不停輸給小自己三歲的妹妹——但我看起來卻很開心？

這幾年來，葵總是只為了取勝而作戰，這次葵總算沒辦法搬出那套說辭了，母親對她那麼說實在太不自然。

只不過。

不只是母親而已，就連遙都看著葵，對她展露天真無邪的笑容。

「——葵姊姊，很開心吧。」

這笑容如假包換，是葵很喜歡的，屬於遙的笑容——因此葵的心不由得出現一陣騷動。

這下就連她都看不透自己了。在內心深處、假面具的後方，自己是怎麼想的？有什麼樣的表情？

現在的自己，輸掉了真的感到開心嗎？

這讓她浮現一種難以言喻的不安心情，視線落到握在手裡的手把上。

「……是那樣嗎？」

很罕見的，她這話說得沒什麼自信，但可以確定的是，那是在對她自己說的。

＊　＊　＊

後來葵就會定期跟遙一起玩 AttaFami。

只是單純為遊戲的完成度折服，或是被不經意掠過心頭的某種情感牽引？

不管理由是哪個，她都慢慢迷上AttaFami了。

「原來……我總是會在這個時候跳躍，對方看了就會……」

這該說是葵的老毛病嗎？面對這種有規則和結果的事物，她都會下意識做分析，開始去思考整個構造。不管是在讀書或社團活動上，或者是在班上的人際關係構築上，她都會這樣。當葵一直在追求第一名時，她也變得比任何人都擅長分析整體構造。

可想而知，她一下子就變得比遙更強了。

「呀——！葵姊姊真不愧是大魔王！」

「當大魔王就免了～」

不可思議的是——不管什麼時候玩，無論玩幾次。就只有在跟遙玩電玩的時候、在玩AttaFami的時候，她能夠自然而然變得心情雀躍。

「嘿嘿——！是我贏了～」

「姊姊真強！妳怎麼變得這麼厲害！」

「這也算一種才能吧？」

的確，如今她時常戰勝遙。

但隨之浮現的情感並不是來自於勝敗，那種感覺讓她覺得既溫暖又熱鬧。

「遙!?這樣太奸詐……唔。」

「哪裡奸詐了——」

「啊，逃到這裡的話，只有遙會掉下去吧。」

「咦——!?這是哪招太奸詐了！」

「啊哈哈，才不奸詐呢——」

這種感覺，跟好幾年前她們三姊妹總是聚在一起的時光很相似。

「葵姊姊。」

「嗯？」

結束了熱熱鬧鬧的對戰後，遙將手把輕柔地放下。

「以前……我們常常像這樣玩電玩呢。」

「……是啊。」

看起來有點寂寞又有點悲傷，遙臉上浮現複雜的表情。她說這話隱藏了什麼樣的意思，用不著問也知道。

於是葵便溫柔地摸摸她的頭。

因為她覺得若不這麼做，那股寂寞可能就會傳染。

「……來吧，遙！我們再來玩一次！」

「咦、咦——！還要玩啊!?」

大概是又想逃離那股寂寞了吧。

還是貪戀那令人懷念的開心感受。

一而再再而三、經歷了無數次，這兩人重複對戰。

連接在那臺遊戲主機上的手把總共有三個。

原本有個妹妹會握住多出來的那一個，她已經不在這了。

＊　＊　＊

在那之後，葵不知不覺成了比遙更狂熱的 AttaFami 俘虜。

遙在的時候就跟遙一起玩，她不在就轉為線上對戰。彷彿在這裡找到屬於自己的容身之處，她對 AttaFami 入迷了。

只要是能跟遙笑著一起玩的電玩遊戲，不管是哪一種都行。也許是如此，只要能成為一個契機，讓葵想起當時的回憶、挖掘出那份情感，甚至不一定是電玩遊戲也行吧。

硬是要說這之中存在著一個巧合——那就是 AttaFami 正好符合她所定義的「神作遊戲」條件。

正正當當努力會以正確的形式開花結果，之中不存在不公平和不可理喻的現象。簡單的規則錯綜複雜地交錯，形成有深度的遊戲性。換句話說，那就成了「神作遊戲」。

玩得越深入，越覺得這是一個能跟人生相提並論的有趣遊戲。

而且該遊戲擁有全日本最多的競技人口數，在線上隨時都可以跟全國上下的強者對戰。玩家的強度會數字化變成獲勝概率，成為肉眼看得到的實體，這也讓葵更加沉迷。

只相信數字和結果，她認定靠著努力贏得這些就是一切，再也沒有其他事物更能確實填補她心中的空白。

沉浸在AttaFami的世界中，幾個月過去。

她以不得了的速度成為排行榜中屬於前段班的那0.5％，說她是最頂尖的好手之一也不為過，來到這個境界的葵察覺一件事情。

自從某天開始，她就決定要用最正確的方式來進行一切競爭。

從那個瞬間開始，她就曉得自己必須要不斷贏過任何人。

自己應該總是採取最正確的做法、保持最強的姿態才對，卻在籃球比賽中輸掉。

理由是——

「……」

不，恐怕是從輸掉的那瞬間開始。

又或者是更早之前，也許從大家一起練習的那一刻起，她就隱約察覺了。

她贏不了的理由，一定就是——

——因為比的不是個人賽。

當然也可以想成要透過操作其他人的士氣來贏得勝利。可是其他人終究是別人，不可能完全掌控。

不只是她，想必其他社團成員們也發現了。所以她們才想為了葵，不停努力直至極限為止。不過這不代表她們能夠跟葵一樣。

這是因為大家並沒有那種近乎缺陷式的原動力幫襯。

不應該去苛責社員們。

只是她們屬於不同種類的人罷了。

像是被附身一樣，葵窩在房間裡玩 AttaFami。

她在線上的暱稱是 Aoi。沒有特殊理由，單純只是因為登錄在遊戲機中的名字是這個罷了。她不認為需要取個特別的名字，若是要一股腦地沉浸於對戰之中，找這種到處都有的名字來用正好。

最重要的是這麼做的話，因為再也沒機會挽回而產生的懊惱也會稍微沖淡一些。努力的結果能夠瞬間轉換成數字概率，這跟她的性格很合。她認為這麼做將能證明自己是最正確的。

「……咦。」

而就在某一刻，她有了震驚的反應。

最近一次碰到的對戰對象。那個名字似曾相識。

一開始還以為是假冒的，可是旁邊記載的數字證明「他」就是本尊。

nanashi　積分：2569

那壓倒性的數值。曾經看過的名字。

她碰到的對手是最強玩家 nanashi，一直保持全日本最高的獲勝積分。

「……太好了。」

在葵心中，歡喜的感覺靜靜地萌芽。

她一直很想跟這個人對戰一次。想要跟他對戰看看。

無關男女性別或年齡，在這個簡單又平等的神作遊戲中。碰到一直打出壓倒性成績的日本最強頂尖玩家。

在勝敗的世界中，他是「能夠做到最準確」的怪物。

雖然得像這樣透過網路，但能遇到那令人尊敬的 nanashi。

真不知自己對此有多麼嚮往。

在他的世界裡，看出去的景色都是什麼樣子的呢？

在 AttaFami 中，葵的積分還只有 2000 多一點。老實說雙方之間的實力差距還有一段很大的落差吧。

可是按照先前的經驗看來。

她不管是在讀書或社團活動上，甚至是人際關係，所有的東西都會拿來分析實踐並實施「攻略」。

或許也能夠在 nanashi 身上抓出一點痕跡也說不定。

搞不好能夠讓那個 nanashi 大吃一驚。

葵靠著透過讀書培養出的一套方法，一一去驗證在遊戲中的各種戰術，手法逐漸變得純熟。

在社團活動中反覆嘗試，讓她學會了一套精密的操作技巧，可以將獲利提升到極限。

於人際關係拿捏中培養出跟人周旋的手段，拿來用在遊戲中猜測對手動作時屢屢獲勝。

那麼，這就是她的結論。

有規則和結果的東西都是遊戲。這點，不管是人生還是 AttaFami 都是如此。

那麼我就把我的「人生」全都投注在這個 nanashi 身上吧。

收拾起變得心猿意馬的心緒，葵按下確定按鈕。

自己恐怕贏不了對方。可是我的「人生」可沒有薄弱到會直接舉雙手投降的地步。

慢慢地吐了一口氣後，葵將注意力凝聚到指間上。

——接著。

當對戰結束時，葵呆呆地拿著手把，雙眼一直盯著螢幕畫面看。

「……好強。」

自己根本不是他的對手。

她一敗塗地。原本就不覺得自己能夠戰勝對方，甚至覺得輸掉也是理所當然的。

但她萬萬沒想到會束手無策到這種地步，輸得那麼慘。

不管是場內走位周旋的熟練度，發動連擊的精確度，自己最有自信的預測出招和誘導。

他都像扭斷嬰兒的手那般，三兩下就拉大差距。

「……怎麼會。」

徹底顛覆葵的思維，那感覺就像被對方拿捏於股掌之中。彷彿受到誘導一般，動作都被看穿，當自己選擇做某種行動的上一剎那，他就已經先放出最恰當的攻擊。

這對她而言是第一次有這種體驗。但並不會感到不快。

因為在作戰過程中，葵確實產生一種實感。

那就是只要在個人競技項目中不斷登峰造極，將能夠達到如 nanashi 那般的高深境界。

「他是……nanashi 啊。」

興奮的葵在猶豫要不要對 nanashi 發送聊天訊息——不過她立刻打消念頭。

因為自己在這個世界中依然沒沒無聞。

現在的自己甚至連跟 nanashi 對等談話的權利都沒有。

於是她沒有送出訊息，就只有提出再戰請求。

然而。

「……啊。」

下一瞬間。nanashi 已經離開對戰小屋了。

那表示當時的葵對他而言，充其量就只有這點分量吧。

「……是這樣啊。」

嘴裡一面呢喃——當下葵卻覺得心情高昂。

她想起全國大賽過後，在那場慶功宴上的致詞。

當時那種幾乎要撕裂身體的深刻孤獨感和與世隔絕感刻骨銘心。

人們都說這次比賽很開心。

但是就只有她不同。她是真的拿第一名當目標，也只想要這一樣東西。

她不認為在這之中感到開心的感情是必要的。

只追求勝利、只尋求正確性，藉此來填補自己的空虛。

也許自己是個異於常人的魔王，無法跟任何人交心。

——不過。

在剛才的這瞬間，明顯跟往常那一切不同。

自認下的努力不會輸給任何人。會去做整體構造分析，在人與人之間周旋。

也就是說，對她而言是「人生」全部的那些，對那個人來說卻與塵埃無異。

她覺得這一切都令人匪夷所思——也因為這樣，葵開心到發抖。

因為那跟在籃球社的致詞正好相反。

這次自己儼然變成一個小小的觀眾。

不知不覺間，她心中早已萌生了某種期待。

自己想要登上的頂峰或許不是一個空無一人的灰暗場所。

在那個頂端上，一定有某個人在等待，他一直以來比自己更加努力。

對。也許，如果是這個人。

如果是這位「稱霸擁有全日本最多競技人口的個人競技賽霸主」，是不是也能體會她的孤獨感？

所有的一切都是未知數。

一切都令人期待。

只要朝向那邊奔跑，這次是不是真的就能抵達終點了。

「……nanashi。」

葵邊自言自語邊關掉遊戲主機的電源，拿手機開啟 YouTube 應用程式。在一陣搜尋後，她找到好幾個被人上傳的相關影片，都是在線上碰到 nanashi 的對戰過程。這恐怕沒有取得 nanashi 本人許可吧，不過那在葵眼中並不重要。她逐一將這些影片加入個人收藏清單。

接著她打開以前編輯過的文字工作檔。

上頭列出的，宛如是她依然空洞的內在。也就是所謂的「『中期』目標」。

慢慢地，葵在那個地方打上一段文字。

「超越 nanashi。」

她做完了就關閉文字檔，懷著刻在心頭上的嶄新覺悟，開始瘋狂分析 nanashi 的遊玩手法。

首先要模仿他。一開始當冒牌貨也沒關係，沒好處也無妨。

只要未來某天，在這個冒牌貨體內能夠有真貨才具備的正確性生根就行了。

因為真正的自己早就在那個時候死去，現在的我必定誰也不是。

那麼——對了。

既然我並不存在，那麼一開始用這樣的名字就沒意義。

就算不藉助太陽的力量，我也要能夠靠自己堅強自立。

既然如此——

在高昂的心情驅使下，葵打開遊戲主機的設定畫面，把某個欄目叫出來。

緊接著像是要將之刻進靈魂一般，她一下又一下地按著按鈕。

她也知道自己是個空虛的人，但那又怎樣。

只要用贏得的勝利來填滿那些空白就行了。

捨棄所有靠外來力量賦予的東西，只靠自己的力量證明就算空無一物也能賦予意義。

於是她消除掉「Aoi」之後，在剛消除的痕跡上打入「六個英文數字與一塊空白」——

剛才是她初次戰敗，她下定決心要雪恥。

比起消除無法達成的目標，現下她灌注了更多的熱情。

——像是要為人生立起決意的旗幟，用中指強而有力地敲擊「輸入」鍵。

後來過了一年，又過了半年。

她將會以日南葵的身分去見身為弱角的 nanashi——這個時候的 NO NAME 還對此事一無所知。

3

心上人的女朋友

若是說得太清楚明瞭會讓人難受，所以我很想說得比較模糊些，但看樣子本人七海深奈實經歷了所謂的「失」戀。

情況大概就是這樣，在我受傷的時候有個壞習慣，就是會跟自己的情感保持距離，試著去觀望，那樣會覺得自己好像變得輕鬆一些，不過實際嘗試之後，情況並沒有太大的改善就是了。但為何又沒辦法停止這種行為？因為是在做著惱人的逃避現實的緣故。

但我有點希望能夠獲得誇讚，希望有人能對我說「好乖好乖做得好妳好厲害」，因為我可是在喜歡的男生背後推一把，讓他奔向其他女孩的懷抱。如果沒有那麼做的話，現在的我早就——我並不想把話說到這個份上，反正最後那兩個人還是交往了，這已經形同裁判「嗶——」地吹哨，接著才投出三分球等級的助攻了吧？深奈實真有一套好棒棒——但問題在於那是烏龍球吧。

我就是我，是處理我的專家，比任何人都還了解我這個人，每次都這樣想又拿石頭砸自己的腳，我從以前開始就常常因為這樣吃到苦頭。想說「這樣做應該比較好吧」，做出來的事情卻反而在折磨自己，想要的東西讓給別人。但是我都會要自己想成「某個人能夠有好報就好」，不過說真的，我沒辦法發自內心懷著那麼聖母的思考方式。這樣的事情重複好幾百次了，到頭來我真正想做的到底是什麼啊。

當我開始在想「每次吃虧的都是我自己」，紅綠燈就變成紅色的了，一連串後悔轉來轉去轉到最後墮落成負面情緒，落入心中又深又黑暗的地方。從削開的傷口流出的與其說是血，還不如說那肯定更像是淚水吧，話說血和淚的成分幾乎是一樣的，大家知道嗎？我正在用深實實流的冷門小知識顧左右而言他，想要在別人面前耍酷吧。

不過有一件事情我心知肚明。

那就是這個寒假我八成會過得很鬱悶，還有我這次親手放掉真正想要的東西。若有人說這樣算兩件事，我會說那種小細節別計較別計較，在我心中這兩個算是一組的，所以那樣是說得通的。

那總而言之我到底想怎麼做？當然是跟很久之前就開始做的一樣啊。

我要活得像我，開朗樂觀，還要很聒譟。

＊　＊　＊

雖然會發生某件事情純屬巧合，但如果說我連一點預感都沒有，那就是騙人的。因為硬要說起來，那個空間確實很像這個人會待的地方。

「啊……是七海同學，還有夏林同學……？」

年末的某一天。在結束文化祭慶功宴後，幾天過去。

我跟小玉兩個人一起走在積雪的大宮中，來到一間裝潢得很漂亮的咖啡廳，事情就在這時發生。

眼下小玉就隔著桌子坐在我正對面，而風香竟然就站在我們眼前。

「咦，風香!?」

她身上居然穿著女僕裝，手上端著放了茶水的托盤。在那瞬間看起來太過崇高，還以為是冰雪的妖精，不過這裡是室內，看樣子並非如此。那表示風香大概是在這邊工作的，我一直眼巴巴看著紅著臉扭捏不安的風香。

「妳怎麼會打扮成這樣!?太可愛了！」

風香戴著平常不會戴的眼鏡，身上穿的女僕裝不像是角色扮演那種，而是比較成熟的款式，這也跟她非常相襯。在看到的那瞬間，我就幾乎拜倒在她的石榴裙下了。

「太厲害了風香好完美！妳穿這樣來上學好不好！」

「這、這個……」

「可以拍照嗎!?拜託！我只會留著自己看！」

「那、那個……」

「深深，那樣菊池同學很困擾。」

看我一直說些廢話搭訕，小玉邊翻白眼邊吐槽。接著她立刻偷笑了一下，看似拿我沒轍地垂下眼眸。我很喜歡小玉那千變萬化的表情，而且現在在她旁邊還有個一臉困擾的其他生物在，把持不住的衝動加乘兩倍。讓我心想這樣未免太像在開後宮了，就算要我追加付其他費用也很合理。

「抱歉深深是那副德行。菊池同學，原來妳在這邊打工啊？」

「嗯、嗯嗯。」

跟滿嘴只會胡言亂語的我形成對比，小玉用非常溫和的語氣跟菊池同學說話。自從跟繪里香發生過那件事情之後，小玉果然變得比較柔和了，就算我不在也沒關係，變得很會跟人相處。妳長大了，我好高興，很好很好，但可愛的東西就是可愛，我還是會繼續調戲人家就是了。

「這家咖啡廳很適合菊池同學呢。」

這時小玉轉頭在店內看了一圈，同時開口那麼說。

「會、會嗎……？謝謝妳。」

「那──妳是從什麼時候開始打工的？」

「大概是從升上二年級的時候開始……」

「原來是這樣啊！」

小玉跟風香在對談上進展順利，我啃著手指在一旁觀望。心裡想著「感覺小玉好像比平常還要積極一點，這是為什麼啊？」，但光是能夠免費看這兩人的美好對話在眼前播送就讓人心滿意足了，所以我也懶得計較。話說我這個女人不會說謊，當我說啃著手指觀望的時候，我是真的在咬手指。

「那個──那麼……等妳們想好要點什麼了再叫我。」

「好！」

「咦——風香走掉好寂寞！還要再過來喔！」

「好、好的。」

對方又用困擾的表情看我，讓我覺得好興奮，揮手跟放下茶水離去的風香道別，我目送她走掉。風香用有點靦腆的樣子揮手回應，這點再次刺中我的心。也太可愛了。

「哎呀——這間店太棒了。」

「妳什麼都還沒吃吧。」

「啊，對喔。」

這意想不到的巧遇令我心頭小鹿亂撞，同時我出言回應，小玉還是一如既往地冷靜。那麼可愛的生物出現在面前卻能保持冷靜，或許因為小玉也一樣是可愛生物吧。

「好適合她喔……」

那讓我不由得呢喃出聲。

因為風香真的好可愛。端莊到讓人懷疑她是哪家的千金小姐，而且那不是香水味，身上傳來一股疑似是沐浴精或洗髮精那類的自然香氣，還有一頭秀髮，話說她臉蛋原本就長得很好看。聚集理想女孩要素的完美美少女完全版就是她。而那樣的女孩子還穿著女僕裝，這下不得了了。

「對啊，深深乾脆也穿穿看？」

小玉道出這麼一句話，但我一想到自己穿女僕裝的樣子就覺得怪怪的。搞不好完全不合適也說不定，我眼前浮現看起來超像在角色扮演的自己。因為我不像風香那樣，看起來那麼像妖精，一個吵吵鬧鬧的女僕，光想就讓人沒力吧。

「哎呀，我不適合當那種角色吧！」

於是我決定順從真正的想法回答。

風香給人一種柔和縹緲的感覺，身材很纖細、皮膚白皙，看起來就像洋娃娃。不過卻有著堅強的內在，這樣的女孩子活脫脫就是當女主角的料。跟動作和聲音都煩死人的我有著天壤之別。

想到這邊，我立刻感覺到心底開始湧現某種黑暗情緒。因為男孩子果然還是會比較喜歡那種女生——

「……深深？」

當我回過神的時候，小玉一直在端詳我的臉。啊，糟糕糟糕，剛才好像差點變成黑暗深實實了。最近一不注意，黑暗深實實就會不停竄出頭，我必須多加注意才行。

嫉妒和自我厭惡這種東西，一察覺就發現已經像下雪那樣累積在心中，以為快要消退了，卻在角落累積了一大堆。最後還是得等那些融化才行，那麼至少在融化之前，我要小心不能滑倒。

「……嗯──？小玉妳怎麼了？」

我裝得若無其事，要自己露出微笑。像這樣子笑是我擅長的招數，就算小玉再怎麼敏銳，應該也不可能察覺真相才對。

「哦……沒什麼。」

小玉看起來不是很能接受，但她沒有繼續追問下去。即便她有所察覺，只要我不打算說出口，她就不會繼續問下去。她認為她是她，別人是別人，像這樣劃分清楚很像小玉的作風，我對此表示尊敬。

「如果有什麼事情，說出來也沒關係。」

小玉隨口說了這麼一句，聽起來不怎麼友善，卻有著滿滿的關愛。我聽了就想說「愛妳喔小玉」。

「嗯，謝謝。」

於是我稍微猶豫了一下，最後還是沒有把話說出來。

小玉知道我跟友崎關係很好，但不曉得我已經對友崎告白。我並沒有要隱瞞的意思。只不過不想再讓小玉看到更多自己脆弱的部分，去跟她撒嬌。

還有──就算現在講了也於事無補，友崎已經在跟菊池同學交往了，小玉聽了大概也不知道該怎麼回答。

「對了對了，我們要點什麼啊？這裡的東西看起來都好好吃喔！我已經肚子餓了！」

到頭來我還是選擇掩飾，裝出平常那種開朗聒譟的聲音，目光落在看起來既夢幻又漂亮的菜單上。然後跟點了點頭的小玉一起專心看菜單。這給人一種欲蓋彌彰的感覺，但那只對了一半。這是因為我的肚子真的好餓。

＊　＊　＊

後來我們吃完飯，開始消磨時間。剛剛吃過的漢堡排超好吃超棒，唯一的遺憾就是風香午餐時間太忙碌，害我完全沒機會對她性騷擾。現在慢慢沒那麼忙了，必須在這時彌補一下。

「咦，話說紅茶也好好喝！」

我說這話時優雅地品嘗飯後紅茶。

我平常總是加牛奶又加一堆砂糖弄到很甜，不過這間店鋪感覺滿有格調的，所以我不加牛奶而且砂糖也放不多，結果大成功。淡淡的甜味和華美香氣被突顯出來，成為最棒的紅茶。呵、呵、呵，看樣子我也變得很有大人味了呢。

「對啊！好喝。」

在喝檸檬紅茶的小玉也跟著附和。

「漢堡排好吃，風香又可愛。這次發現超棒的店鋪……」

「性騷擾記得適可而止啊？」

小玉也太精明了，完全看穿我的下流心思，還出面提醒我。假如她想說的是「不准騷擾我以外的女孩子！」那就可愛了，但是她根本完全沒那種想法，這反而更讓人心癢。

就這樣，我們暫時閒聊了一段時間，聊到一半小玉突然從位子上站起來。

「我去一下廁所。」

「好——要不要一起去？」

「不用沒關係。」

小玉的回應好冷淡，同時她快步走向廁所。那個背影也好可愛，害我不禁想從後方突擊她，不過這裡不是學校，我忍。我是個很會分時間地點的女孩子。

結果。

落單的我閒閒沒事幹，開始東張西望，在看有沒有機會可以糾纏風香。

「辛苦了。」

我聽到從咖啡廳出口那邊傳來非常清澈的嗓音，心頭一驚的我轉頭看那邊。這一看就看到換上便服在跟咖啡廳店員們道別的風香。很好，好機會。

這讓我心情大好，我用力揮手。

「風香——！」

發現我在叫她的風香注意到這邊，露出有點緊張的微笑。然後慢慢走來，這是一個超棒的性騷擾機會。

「妳該不會打工結束了吧？」

「是、是的。是那樣沒錯。」

我看了看手機發現時間已經來到下午三點。她大概是早上開始工作到這個時候吧。這樣正好。

「喔！那麼，要不要跟大姊姊一起喝杯茶？」

我體內的可愛女孩感測器擅自作動，讓我順勢說出疑似過時的搭訕用臺詞。不過風香看起來不容易攻略，我想她應該會拒絕吧——

——沒想到。

風香稍微「嗯——」地煩惱了一會，接著這麼說。

「那個，既然如此……請務必讓我參加。」

她臉上表情看起來像是下了很大的決心，這樣的發展好像有點令人意外喔。現在小玉不在，剩我們兩個人，風香會不會緊張啊。我難得有點緊張。

「話說，不想要的話拒絕也沒關係喔？」

我盡量用溫和的口氣跟風香說話。

「啊，那個……沒關係的。我沒有、不想。」

「……是喔？」

嘴巴上說沒有不想，風香卻明顯一副很緊張的樣子，是我主動邀請她的，但我不是很懂她為何不惜做到這種程度也要應邀。不過我們很少一起談話，或許是個好機會——

一面想著，我慢慢恢復冷靜。

剛才是一時衝動才找她說話，眼下情況是不是有點不妙啊？

因為我之前跟一個男孩子告白，他現在在交往的女友就是這位風香。

許多念頭在我的腦子裡盤旋，焦躁感一點一滴增加。

風香妳知不知道我跟友崎告白了呢？

假如她知道了，會怎麼想。

如果她還不曉得，是不是該老實跟她說比較好。

假如真要藉著這次機會跟風香坦白……算了我還是多用點心，盡量不要去跟友崎說話，這樣會不會比較好啊。

想到這，一個看起來像是風香前輩的女性店員看到我跟風香在講話，年約二十幾歲的她誇張地說「咦！是菊池妹妹的朋友!?那是不是該請每個人吃塊蛋糕！」，這下退路越來越窄了。

「啊，謝謝。」

「那個……」

風香一下子看看那位店員，一下子又看看我，露出有點不知所措的笑容。緊接著——

「那、那就容我叨擾。」

只見菊池同學來到我的正對面坐好，怯怯地調整好姿勢就坐。

「嗯、嗯！歡迎！」

那份緊張似乎也傳染給我。

我跟風香的一對一對談開始了。

＊　＊　＊

「請問……那個。」

說這話的風香眼神胡亂飄動，看起來好像小動物好可愛。她好像在尋找話題，這種事情就交給深實實我吧。

於是我試著這麼說。

「哎呀——！沒想到妳在跟軍師交往了呢！」

沒有任何前兆直接切入核心，可是在這個節骨眼上避開這種話題反而不自然——還有我想先試探看看，看她是不是知道些什麼，裡面還包含這種企圖啦。我自己也覺得這樣心機有點重。

「果然……很讓人意外嗎？」

風香三不五時用像是在窺探我的目光偷看這邊。畢竟聊的是這種話題，就連我都跟著坐立難安起來，努力要自己保持平常的步調。

「嗯——感覺不是很意外吧。但該怎麼說呢？總覺得友崎對這方面的事情應該沒什麼興趣？」

聽我這麼說，風香看似開心地輕笑了一下。

「啊，或許是那樣吧。感覺他除了自己喜歡的事情，就不會去注意其他的了。」

「就是啊就是！」我笑著回應。「他自稱是個玩家，但作風好像有點太極端了！」

「呵呵呵。說得對。」

「對吧。」

事情就是這樣，我們兩個人開始大聊特聊友崎的事情。咦？我們好像有點混熟了喔，除了在想這些，我還想照這個樣子看來，風香好像不知道我跟友崎的事情呢，在做這種算計的我似乎真的有點卑鄙。

可是該怎麼說呢。看到風香開開心心講友崎的事情，我的心好像有點刺痛呢。

我有點不太喜歡這樣的自己，但卻沒辦法阻止有這種想法的黑暗深實實冒出頭。

「所以說，我很難想像你們兩個都聊些什麼。」

於是就變成這樣，我讓話題轉向，要刺探他們兩個人的事。

「聊些什麼啊……」

風香的頭先是向上抬起，像是在回想些什麼，接著再度開口。

「大概是聊未來展望，或是人生型態吧……？」

「聊的話題居然比想像中更深奧!?」

出現那種壯大的用語讓我為之噴飯。不過這有點像友崎的作風，是說反而是我在這方面涉獵不夠吧，我的胸口跟著一緊。這就像是自己找事情來自我傷害，我是不是腦筋有點不正常啊？

「對了——他有沒有說過一些關於我的事情？不許他說我壞話！」

於是我一不小心就順勢在不經思考的情況下幾近直接地追問。關於我的事情。其實我真正想問的才不是說壞話，而是更重要的事，但我稍微裝瘋賣傻掩蓋過去了。照這個樣子下去，感覺總有一天會遭到天譴。

「七海同學的事情……是嗎？」

「嗯嗯。」

「我想想……」

她稍微頓了一下，在那邊思考，連這點小事都讓我不由得感到害怕。假如風香知道一切，也許她已經看出我現在做了很狡猾的事也說不定。

讓人分外緊張的時光持續了數秒。

只見風香一臉困擾地開口。

「沒什麼特別的……就只有說離開車站還會一起回家，感情算不錯，大概這樣吧……」

「……嗯——這樣啊。」

照她說話的樣子看來，不像有所隱瞞，她可能真的不知道那件事情。

不過怎麼會這樣呢，聽到軍師都沒什麼說我的事情，我好像有點沮喪，因為那是軍師的事情，風香可能覺得擅自亂講不太好，她或許有這層考量吧，但我的告白對你來說就只有這點程度嗎軍師!?我聽了好想這麼說，不對我在亂講什麼啊!?

冷靜下來想想，像這樣試探別人不太好。讓這麼誠實的女孩感到困擾，我覺得我好像真的幹了壞事。

「呃——其實。」

於是我決定減低自我的罪惡感，老實坦承。

「其實我……在不久之前對軍師……說過喜歡他。」

「咦咦!?」

我這話一說完，風香馬上驚訝地睜大雙眼，發出至今為止未曾聽過的大喊聲。

「啊，抱歉，突然說這個。」

「不會、那個、這……」

在那之後風香似乎不知道該說些什麼才好，目光游移不定。啊，這麼說來也對。眼前出現一個女人說她其實是自己的情敵，可是現在自己在跟那女人喜歡的男生交往，也難怪妳會不曉得該回些什麼。都在跟人交往了才聽人這麼說，只會感到困擾吧。對人說「抱歉我把他搶走了」好像不太對，但我看她又不至於性格惡劣到會反過來擺出處變不驚的態度應對，我好像真的造成她的困擾了。

「……哎呀——！這次是我輸了！」

因此我能做的，果然還是只有做出歡樂聒譟的反應了。

「輸、輸了……？」

「妳看，我原本也很喜歡軍師！可是他選的是風香妳，所以說戀愛就是一場戰爭！沒什麼好怨恨的！」

「戰、戰爭……」

「對對，話說妳別放在心上……但這樣應該很難辦到，我只是想要貫徹始終做個了結而已！」

我直挺挺地豎起大拇指，就像平常那樣說些話來打圓場，結果風香換上很嚴肅的表情看著我。

她臉上的神情依然有點怯生生的，但說話語氣卻很沉著，接著對我這麼說。

「那個，我認為……這並不是戰爭。」

「咦，是、是嗎？」

我沒有想太多，只是隨口說那是戰爭，但對方回得那麼直接，讓我不由得氣勢矮人一截。我像這樣隨隨便便是不是不太好啊，想是這樣想，我又不希望這點被人看透，於是就下意識說些話來蒙混，想要藉此隱瞞。感覺好像從剛才開始我就一直在唱獨角戲。

「我認為人跟人會變成男女朋友，這背後有很多理由……」

「……嗯。」

風香在道出這些想法的時候，話說得有點笨拙。我想她必定在用她的方式堂堂正正面對我。那我也要延續我心機的一面，必須也認真以對才行。

「像是雙方的目標很接近，或者單純覺得在一起很開心……又或者是形成互補關係……我覺得是基於這些。」

關於風香脫口而出的那番話，我也有些想法。

「感覺我好像懂妳說的。我好像容易因為這幾點而喜歡上別人。」

「呵呵，對啊，我也是。」

只見風香她露出有點調皮的笑容。

「咦，那表示風香在這之前也喜歡過很多人？」

「當然了。畢竟我也是女孩子。」

「是喔～！好意外喔。」

緊接著我跟風香就相視而笑。兩人之間的距離好像一口氣縮短了，女孩子想要拉近距離，聊戀愛話題果然是最快的。這一切是從我卑鄙的問話開始，這部分我要反省。

「兩人是互補關係呀……」

除了重複她剛才說過的話，我還感覺到我胸口有陣陣像是被針刺到的刺痛感。

「……那就表示，只想單方面讓對方來彌補自己的不足應該是不行的吧。」

當我這麼說完，風香就用那對清澈又美麗的雙眼凝視我。

然後她一邊看著我，邊用緩慢的語氣開口。

「——原來七海同學是這樣的人？」

突如其來地，一股彷彿內心被看穿的沉靜魄力壓向我。照理說我最擅長的就是跟人對話和溝通，卻在不知不覺間詞窮了。

但這不像是對方硬要闖入我心田，單純像是內心被看透的感覺。

——原來只是單方面希望對方可以替自己加分嗎？這對我而言是個超級大痛處。

「這、這個……」

「啊……抱、抱歉，突然這樣。說那種話、很失禮吧……」

「啊，不會！」

風香突然對我說出那種直搗內心深處的話語讓我嚇了一跳，但真的一點都不失禮。反倒是風香還比較坦率，我說話一直拐彎抹角，是我不好。

除此之外，我還隱約有個想法。

就是我先挑起這樣的話題，而且還去試探別人。

那我原本想要隱藏起來的感受，是不是應該主動向對方透露一點比較好。

「其實……我是這麼想的。」

「請說。」

當我起了個頭，風香就換上很認真的表情，請我繼續說下去。

「我想我大概……很憧憬友崎能夠貫徹自我的這部分吧。」

「自我……」

那讓風香看似頗有同感地點點頭，接著再次沉默下來，聽我訴說。

「會喜歡上友崎也是因為……覺得他能夠補足我不足的部分吧。」

我話說得很朦朧，結果風香嘴裡「嗯——」了一聲，開始認真思考起來。

「妳說可以補足妳不足的部分……是指跟他在一起能夠讓自己變得比較強一點，像這個樣子嗎？」

「嗯——？大概是吧？」

「那就是……跟友崎同學在一起的自己，變得比較討人喜歡、之類的？」

「啊……搞不好是那樣喔！」

被她那麼一說，我一下子茅塞頓開。我跟友崎在一起的時候，確實會覺得他那堅持初衷的特質有感染力，因此覺得身心愉快。我平常不是很喜歡自己，卻能喜歡上跟軍師在一起的自己。

「呵呵，我明白。友崎同學雖然不是很強勢，卻有著這樣堅強的一面呢。」

風香說的話我一下子就聽明白了，因此我才會情不自禁地笑了出來。

「啊哈哈，這點我也非常認同。」

但同一時間——胸口變得越來越悶，感覺自己就快要喘不過氣來了。

「一旦他決定要做什麼事情，不管遇到何種困難都會勇往直前呢。」

「……嗯。」

看似弱小實則強大。

「如果別人對他說三道四，他也不會輕易改變自己……」

明明很膽小卻又懂自己想要什麼。

「他一直都很相信自己。」

我想我會產生這種想法，代表我的個性很差勁吧。

可是這無可救藥，心頭緊縮又變得冰冷的感覺，讓我實在無法自欺欺人。

因為我是真的有了那種想法。

希望知道友崎擁有如此帥氣一面的——就只有自己一個人。

我知道被人家甩掉的人有這種想法不太好。

風香才是友崎選擇的對象，那她當然會連那點小事都知道，這我也明白。

然而在我體內的另一個自己卻在大叫。

「我也覺得……那樣的特質很棒。」

「啊哈哈……對啊。嗯，我明白。」

聽著風香越說越多，我也變得越來越難受。

很想把耳朵摀住。

可是儘管如此，我還是沒辦法討厭風香。

這是因為——風香說的話，我全都能打心底感到認同。

有個人能夠像這樣誇獎自己喜歡的人，我怎麼有辦法討厭她。

「原來如此……怪不得啊。」

在此同時，我確實體認到了。會有這樣的心情，那果然是——

「我呢，大概、還喜歡友崎吧。」

「……是。」

因此我決定把這件事情說出來。

「還沒辦法放棄友崎。」

「嗯……我有想到。」

風香臉上浮現複雜的神情，然而她用直率的眼神望著我。

眼裡並沒有敵意或怒火。

「我不打算做什麼壞事，但想要按照自己的感受坦率行動。」

不能說這是在跟人宣戰，比較像是我個人在對自己做選手宣誓。

「那樣、或許也不錯。」

說了這種膽大包天的話簡直令人難以置信，但不知為何我的心卻變得沉著起來。

「我覺得……喜歡這種心情並不是錯誤。」

「錯誤？」

風香突然說出不可思議的話，她點了點頭，對著我坦率說出自己的看法。

「有的人會對強者產生憧憬進而喜歡上他，也有人會沉浸在幫助弱小的立場中，因而喜歡上對方。或是喜歡上過來追求自己的人，也有可能因嫉妒使然，為某種想法推波助瀾。」

「那麼說……或許有道理？」

我受到那宛如森林般靜謐的話語牽引，慢慢地點了頭。但我還是不明白風香想要表達些什麼。

發現我一直在看她，風香開口時有些猶豫不絕。

「不管是基於什麼樣的理由……只要喜歡上對方，那都是對的。」

這是為什麼呢，風香那模樣就像是在拚命說服我。

「所以我——願意尊重七海同學喜歡友崎同學的心情。」

風香能夠說出這種話，我果然對她討厭不起來。

「……是這樣啊。謝謝妳。」

我誠實地表達感激。沒想到自己喜歡他的心情，會被身為友崎現任女友的風香肯定。

一會兒後，菊池同學似乎有所警覺，她趕緊澄清。

「啊……那個、很抱歉。也、也許我沒立場、說這種話……」

「啊哈哈，那倒也是。」

「說、說得對……！」

看到菊池同學因此變得慌慌張張的，會覺得這樣的她果然也很可愛。別說是討厭她了，我搞不好還很喜歡這個女孩子呢。

「謝謝妳。我說真的。」

＊　＊　＊

當我們在聊這些的時候，小玉也回來了，關於友崎的話題到此結束。我們幾個一起聊戲劇和考試之類的事情，聊了大概一小時之後就散會了。

「那個……那我先去一趟書店。」

「了解──！風香謝謝妳！剛才很開心。」

「路上小心！」

當我跟小玉兩人一起目送風香離去，她也笑著對我們揮揮手。

「我也覺得、很開心！那、那我走了！」

「拜拜──！」

「再見囉。」

我很有精神地揮揮手，同時再次有種換氣困難的感覺。那句從風香口中脫口而出的「很開心」，讓我有點難以招架。

看著朝跟車站相反方向走去的風香背影，我對小玉呆呆地說道。

「哎呀，還真是稀奇的組合啊。」

當我轉了一圈面向車站後，小玉先是把我那句話當耳邊風，接著就在我背後說了那麼一句話。

「深深，妳喜歡友崎對吧？」

「咦咦!?」

一如往常相當於超速球丟向我的那段話讓我跟著發出好大的聲音，不由得回頭張望。剛才都已經跟風香有過那樣的深度對談了，原來今天是這樣的日子嗎!?

「為、為、為、為什麼知道!?」

「看就曉得啦？」

小玉說這話的感覺就好像是「那已經沒什麼好懷疑的了」，看來想要蒙混過去是不可能的。

「這——這——……對、對啦，是喜歡他……沒錯。」

「早就猜到了。」

只見小玉一副拿我沒辦法的樣子，嘴裡嘆了一口氣，感覺她超臨危不亂的。身體看起來還是小孩子，頭腦卻已經跟大人沒兩樣了。

「妳跟菊池同學處得還好嗎？」

這又是一句不加修飾的話，除了令我大吃一驚，我還確實感受到小玉真的變得比較圓融了。

原來啊。看到當時的狀況，她才會開這個口吧。

「妳在擔心我啊？」

「當然啦，一般都會擔心吧。我之前上完廁所準備回來，卻發現氣氛看起來很複雜。」

「啊——……咦，嗯？」

這部分讓我有點在意。因為她說原本打算回來，意思就是……

「小玉，妳該不會去找別的事情打發時間？」

我一說完就惹得小玉冷淡地露出一本正經的表情。

「那是當然的吧。我可沒有不識相到會在那種時候闖入好嗎？」

「啊哈哈，沒想到會從小玉口中聽到不識相這種字眼。」

「當我想要察言觀色的時候，有時也能看得出端倪。」

「齁——……」

我變得有點開心，重新回味跟風香交談過的內容。

嚴格說起來，我們那是在敞開心胸分享想法，這樣才能互相理解。

「沒問題啦。我有確實表達自己的心情，沒有跟她吵起來，雙方最後都能互相體諒。」

「真的？」

「嗯。」

我點點頭。只不過某些事情我還是有點介懷。

「……對了。我之所以會喜歡上軍師……是不是對軍師的強產生依賴感的關係？」

「怎麼了？突然問這個。」

「就是——我跟菊池同學聊過這個。像是喜歡上友崎的理由，好比這類的。」

「哦——……」

小玉在看我的眼神就好像在觀察我的表情一樣，她輕輕應了一聲。

「深深，妳就只是想依靠他嗎？」

「嗯。」

「為什麼？」

小玉問得有夠直接，直接到會把人嚇到的地步，從某個角度來說卻讓我感到放心，我嘴裡說著「這個嘛——」並思考答案。想想自己會喜歡上友崎的理由。

我想應該跟風香是不一樣的。

定睛看著小玉，像是在同步做自我反省那般。

「……只靠自己的力量支撐自己是很辛苦的，但是改變自己更辛苦，所以我才會去仰賴更強的人吧。」

我好像一時衝動順勢說了很沉重的話，然而小玉在聽我說話時，臉上的神情依舊沒有改變。

「那麼……那就只是在依賴他，這真的可以解讀成喜歡嗎？雖然風香說我這樣沒有關係。」

風香的想法感覺跟友崎很接近，個性和人格上也都有些類似之處。所以才會基於各式各樣的理由在一起交往吧。

但是相較之下，我不禁想自己是不是只把對方當成能夠幫自己分擔重荷的對象。

我說了那麼唐突的話，小玉卻還是認真聽進去了，帶著嚴肅的神情思考。

「嗯——以下這只是我個人的想法。」

「嗯。」

緊接著她說出像是站在對方立場上思考過才脫口而出的一番話。

「或許被人依靠的一方會覺得擔子很重，覺得很辛苦吧。」

「果、果然是這樣呢。」

那句話狠狠刺進我的胸口。

「嗯，不過呢。」

當小玉說完，她微微一笑，那笑容很有包容力。

「……當別人依偎在你身上，也會覺得被靠到的那個地方很溫暖喔。」

小玉說著就「啪啪」地拍拍自己的胸脯。

「所以我覺得，這種事情不用太在意。」

小玉說的這句話，讓我的心一下子輕鬆許多。

「……哈哈哈，謝謝，妳拉了我好大一把。」

「別客氣。」

面對別人發自內心的感謝，最近小玉也學會裝出得意洋洋的表情來搞笑了，我果然很喜歡這樣的她。

也許我喜歡小玉，喜歡風香也喜歡友崎——從某個角度來看，或許是很幸福的人。

「哎呀，人生旅途上果然會遇到很多事情呢。」

我跟小玉一起走著，走在寒冷的天空下。

大宮街道上的雪依然在路邊堆了厚厚一層，可是溫暖的陽光讓那些冰雪開始逐漸融化。

弱角友崎同學

The Low Tier Character

"TOMOZAKI-kun";

4

謊言與朝陽

在目黑的某公寓房間裡。

不經意碰觸到的小腿肚觸感讓一名男子從睡夢中醒來，手對準在一旁背對他滑手機的雷娜肩口一摟而上。

「雷娜，早安。」

男子的嘴靠到雷娜耳邊輕語，從背後繞到她身上的手溫柔環抱住那具軀體。隔著 Gelato pique 品牌的輕薄休閒服，可以感受到肌膚的彈力，頭髮上還帶著淡淡的汗水味道。

「嗯——？」

雷娜發出甜膩的聲音，邊躺下邊關上剛才打開的 Twitter 應用程式。她接過男人的手，讓手繞到脖子上，然後對那個男人露出讓人有機可乘的笑容。

「……早安，把你吵醒了？」

「嗯，沒關係。」

「是嗎——？」

雷娜挪動她的腰，身體面向男人那邊。接著維持這樣的姿勢把手伸出去，手指在男人脖子後方交握。被雙手夾住的胸部突顯出來，似有若無地碰觸男人的身體。

她抬眼仰望男人，用像在索求些什麼的語氣開口。

「……吶。」

「怎麼了？」

男人在說話的時候透露出些許期待。雷娜水潤的雙眸一直看著男人，用難掩興奮的語氣繼續說道。

「你應該明白吧？」

「什麼事情？」

面對明知故問的男人，雷娜靠過去，像是要跟他撒嬌。兩個人的身體緊緊貼在一起，不管是體溫還是那份柔軟，對方全都能感受到。

雷娜那雙唇輕柔地碰觸他的耳朵。略帶喘息的聲音刺激著耳膜。

「吶——再來一次。」

這句話成了引爆點，男人用那雙手，有些粗暴地抱起雷娜。

＊　＊　＊

幾個小時以前。年末的某個夜晚。這天積雪還未退，在東京的街道上。

雷娜待在澀谷「Free Space」的某個房間裡。

這個房間放置了簡易的椅子桌子和調理臺，總共有十二名男子加三名女子，共計十五個人聚集在此。在這個以白色為基調的簡易空間中召開線下網聚，成員都是為了某知名第一人稱射擊遊戲聚集而來的一群人。

時間已經來到夜晚十點。早已展開大約兩小時的網聚在座位上幾乎成了自由座了，大家各自去找想要聊天的對象盡情閒聊，眼下現場氣氛已經演變成這樣。

雷娜轉動已經喝醉的腦袋，獨自一人出神眺望會場內發生的種種。

「最近這陣子上傳的影片……」

「嗯，那來交換 Twitter 吧……」

在雷娜那顆已經喝到酩酊大醉的腦袋中，那些歡樂喧鬧聲作響著，使她情緒高昂變得輕飄飄的，逐漸融入這片會場中。從尺寸過大的黑色毛衣中，染成紅色的肩膀探頭，像這樣透過身體呈現出顯而易見的酒醉狀態，雷娜並不排斥。

「雷娜妳在喝酒啊？」

在舒暢地撐著臉頰的雷娜隔壁，有個男子過來坐下，還跟她說話，他是來參加網聚的「藍波」。藍波是網路上用的假名，雷娜並不知道他的真名叫什麼。外觀看來就跟一般的上班族沒兩樣，年齡大概落在三十歲出頭。聽說平常會在網路上製作一些影片。

他的後輩同時也是遊戲直播主的河馬爺也跟在他後頭一起過來。當然這也是假名。

「在喝啊～？藍波先生你也有在喝嗎？」

面對年紀比自己大上一輪的藍波，雷娜用不正經的語氣回應。兩人今天是第一次見面，還沒有過多的言語交談，雷娜卻用宛如朋友之間才會有的距離感跟他應對。河馬爺在後方距離一步之處觀察他們兩人。

「我嗎？喝了啊。」

藍波一下子就接受這種親密的對話方式，甚至還有點高興地笑開。一沒弄好就很容易被解釋成失禮的舉動，但那一下子就被人接受了，這讓雷娜覺得有點恍惚。

「真的嗎——？」

「真的真的。」

她覺得自己快要馴服對方了。當年輕的自己像一隻貓那般鑽進對方懷裡，某種類型的男人就會按捺不住，會有所期待地擺動尾巴。她的經驗教會她這點。

「話說雷娜妳的酒杯空了。還要不要喝點什麼？」

看藍波用有點刻意的語氣那麼說，在這之前宛如多餘分子的河馬爺也跟著接話「要不要喝些什麼啊～！」，為了打造出屬於他的位子，在跟藍波一搭一唱。這毫無內容的一段話令雷娜苦笑。

「該怎麼辦呢……」

像是在一一斟酌那兩個人的言行，她慢慢對他們兩個品頭論足。

藍波的視線一直放在她身上。可是當雷娜也跟著看他之後，過沒多久藍波就會承受不住，把目光轉開。他八成以為雷娜都沒發現吧，其實那轉開的視線都偷偷落在被毛衣突顯出來的胸部上，還有從短下襬露出來的腿上，最後才看向牆壁或是手機等物。

河馬爺的症狀就更嚴重了，像是要逃避一樣，視線一直放在藍波身上，完全不敢跟雷娜對看。不過當雷娜沒在看他那邊的時候，他就會用有如在舔拭般的眼神偷看她。

雷娜沒有立刻給出答案，而是在心裡微微地發出嘆息。

心想「又是這種類型的啊」——

「……要不要我去調？」

八成是再也無法招架這陣沉默，藍波開口這麼說。沒有說「要不要一起去調飲料」，而是說「我去調吧」，這麼諂媚的提議讓雷娜那顆心變得更加清醒。

看看藍波臉上帶著那毫無餘裕的諂媚笑容，再朝著一直在偷窺她的河馬爺看了一眼，雷娜笑咪咪地開口。

「不用了～我自己去調。等我一下喔。」

「啊，這樣啊？」

「了解——！」

——無趣的男人。

在心中不屑暗道的雷娜起身離席，走向離這邊有段距離的吧檯式廚房。

從毛衣中露出許多的肩膀白裡透紅。一雙長腿套著膚色的絲襪，看上去就好像什麼都沒穿一樣。她悄悄看向後方確認，看到那兩人溼黏的目光都放在自己的軀體上，一副飢渴樣。

他們想要我。

這個事實令雷娜興奮，下腹部那邊有一股滿足感擴散開來。

那兩個人想要我。

但是卻得不到我。

她邊走邊將變空的酒杯放到嘴邊，打斜讓冰塊融化後的冷水流進喉嚨深處。透明液體冷冷地充斥著口腔，可是心中卻燃起微微的熱度。

嘴巴上說「等我一下喔」——她卻沒打算再回到座位上。

＊　＊　＊

每次來參加這種網聚的時候，都會有好幾名參加者過來對她示好。

她長得漂亮，肢體充滿女人味。還會化妝去突顯這些，選來搭配的衣服和鞋子都是為了讓自己的女性特質看起來變得更加煽情。這些都是專門做來釣男人的。

面對討人厭男子的追求，雷娜會覺得有點煩悶，可是男人對她有進一步的渴望，這使得雷娜感到興奮，也滋潤了她的心。

每次有男人對她投以好奇的目光，她都一定會想起某些事情。

那就是女人總是滿嘴謊言，而男人通常都很老實。

『——我跟雷娜好像滿合的，能夠展現真實自我呢。』

『——妳別過來。這個背叛者。』

『——糟糕……！我們果然超搭。』

『——別在意啦。那種人算什麼朋友。』

「唔！」

在廚房的靠窗處用手撐著臉頰的雷娜出現不悅表情。隔著窗戶可以看見澀谷的繁華街道，有一些開始在融化的冰雪還沒有完全融化。人們擅自接近，又把那些雪踩得亂七八糟，感覺就像顯露本性的人類一樣。

雷娜呆呆地眺望這一切，沒有任何特別的用意。

伴隨著酒精帶來的酒醉感，三年前一段可有可無的記憶隨之浮現。

——當時，雷娜還是十七歲的女高中生。

從那個時期開始，雷娜的外表和外型都趨近成熟，會被同學——尤其是男生另眼看待。若是要區分的話，比較不像是「想要跟她交往」，那種看人的方式更像是「想跟這女孩玩玩」，這點就連她都隱約有自覺。

制服裙襬不按牌理出牌、拉得比較短是她自己想那麼做的，但穿上體操服就會特別突顯出身體線條，這卻非她所願。起碼當時雷娜有時也會為自身有女人味的部分煩心，就這點而言她確實像個一般的女高中生。

有如此姣好的外型拉了她一把，雷娜變成班上的風雲人物之一。與其說這個群體之中都是些志同道合的夥伴，還不如說是一群外貌好看的人聚集在一起，彼此都把對方當成裝飾品來使用，藉此鞏固自己的地位。關係上比較接近所謂的利害關係一致。

「——咦？雷娜妳換指甲油了啊？」

「啊，看得出來？不愧是翔子。我想試一下比較野性的風格。」

「是喔——黑色搭粉紅色好可愛。雷娜很適合這種的呢。」

「會嗎？開心～」

跟這群風雲人物一起聊天的時候，每次見面都會互相確認彼此的美感，那很像是在彰顯自我。有如在競爭一般，不停自我更新。

有的時候她們會像這樣變成競爭對手，某些時候則會形成一個群體，去給其他的群體下馬威。從某個角度來說，他們像是一起度過一段志趣相投的時光。

「雷娜妳啊，不管什麼事情都不會隱瞞，會如實說出來呢。」

「在說什麼啊？但我確實不會說謊就是了～」

「這部分特別值得信賴，或者該說跟我很合。」

「是嗎？」

在這段話之中是否存在深刻的信賴關係另當別論，但要說雷娜沒有從中感受到喜悅和被認可的感覺是騙人的。

要說她有哪個部分比較特殊，那就是比起一般人，她更容易深入挖掘自己的興趣吧。

除了是班上風雲人物之一，她也加入擁有深度興趣的團體。像是喜歡視覺系樂團的女孩子們，或是當有露臉直播主的粉絲，去追地下男子偶像團體當追星族，還有雷娜很喜歡的網路遊戲。穿著打扮漂亮華麗卻有點脫離常軌，這群人跨越了班級的隔閡，形成了小規模的冷門團體。

對雷娜而言，並非其中一方才是真正的她，嚴格說起來，真正的她就是「外表看起來很不錯的自己」、「容易對興趣熱衷的自己」。為了讓這兩種自己能夠融入名為學校的社群，她需要找到那些容身處，也許可以這麼說。

只不過這樣特殊的處事方式害她捲入小小的爭端之中。

某天放學後。雷娜跟班上同學佳戀一起放學回家。

佳戀是直播平臺網站「TwitCasting」的重度聽眾，有在追好幾名會露臉直播的直播主，是剛才提到的冷門小群體成員之一。

「──對了，這天怎樣？預計要在我們這舉行。」

「嗯，好像沒問題。」

聽到佳戀這麼問自己，雷娜給出答案。

兩人在談群體成員都很風靡的電玩遊戲。那是用智慧型手機就可以玩的第一人稱射擊遊戲，不管線上或是線下都可以玩，於是她們在計畫要找來成員面對面遊玩。

「ＯＫ！話說——關於成員部分，就是找雷娜來我們家，還有邀請薰跟千里吧？然後就是……」

佳戀提起的名字就是那冷門團體的四名成員。雷娜原本還以為只有她們四個人要來玩，但看樣子是她猜錯了。

「嗯，還有……要找啟輔跟真學長，以及洋介和山建學長。」

「咦～聽起來很不錯耶？是怎麼約到他們的啊？」

「就聽說他們好像很迷這個遊戲。」

「是喔～」

她提到的那四個人，原本都是同一所高中的學長。現在不是上大學就是出社會就業了，原本在高中就特別醒目，學弟妹都很憧憬他們，這群人星光四射。原本雷娜跟他們的交情並不算深，但光聽到這些名字就很有興趣了。

可以跟那四個人私底下一起玩。

身為時下年輕女孩，雷娜為此感到心頭悸動不已。

「我知道了——那天會先空起來。」

用悠閒的語氣回應完後，雷娜開始等待那天的到來。

時間來到電玩聚會當天。地點是佳戀的房間。

呈現在雷娜眼前的景象，出乎她意料。

總共男男女女加起來八個人，待在狹窄的房間中。剛開始還玩了幾回遊戲，後來就演變成幾乎像是聯誼，或者是其他類似的聚會——人們肩膀互相靠在一起，不然就是摟著腰等等，看這距離感很難讓人聯想到他們之中有幾個人是初次見面。

「雷娜妳過來這邊嘛。」

「咦～洋介在說什麼啊。好吧也可以啦～」

對當時的雷娜來說，發生的事情有點超乎她預期——可是這種情況卻讓她覺得還滿舒適。

當然照一般常理來說這樣一點都不清純，她也不認為對方會珍惜自己。

可是卻有種自己早別人一步加入「大人」行列的感覺。

那種近乎優越感的情感，安撫了她的心。

可是幾天過後，有問題發生了。

「雷娜，聽說妳有去參加佳戀她們的聚會？」

「咦？……在說跟啟輔他們一起的那個？」

「對。」

在放學後的教室裡。有人用不悅的語氣對雷娜這麼說，她就是風雲人物之一的翔子。

「洋介也在那邊吧？」

「嗯，他有去。」

聽到雷娜這麼說，翔子的眉頭跟著皺了起來。

「我說雷娜，妳應該知道我有跟洋介交往過吧？」

「嗯，知道是知道……可是你們已經分手啦？」

雷娜一時間沒聽出翔子話裡真正的意思。

「問題不在這吧？」

「……那問題在哪？」

被雷娜這樣子反問，翔子臉上神情明顯透著不悅。

「雖然跟他分手了，但都還不到兩個禮拜。這樣就敢對別人的前男友出手，未免太不懂得體諒別人的心情了吧。」

「……會嗎？」

雷娜說話態度一副覺得莫名其妙的樣子。洋介確實是翔子的前男友，事實上雷娜也有被洋介摟著肩膀等等，有了一些肢體碰觸，距離拉近了。

不過這樣有什麼問題。

雷娜當真是那麼想的，或許是因為她經歷過那種屬於「大人」的場合，這份餘裕才讓雷娜有這種反應吧。

為了這點小事就來興師問罪的翔子，反而讓雷娜感到幼稚。

「既然已經分手了，那過幾個禮拜都不重要了吧。」

「妳說這話是認真的？」

「嗯。」

「唉……算了。」

嘴裡先是很無言地回了這麼一句話，接著翔子就直接轉身走人。

「像個小鬼一樣……」

當雷娜刻意用翔子可以聽得到的音量惡意嘟噥後，翔子臉上表情明顯隨之扭曲。

後來——從隔天開始，翔子「等人」的態度就起了變化。

「早安。」

「啊——……」

這天早上。當雷娜去跟其他屬於風雲人物群體的成員說話，對方就表露出顯而易見的困擾態度，一副對她無話可說的樣子。當下雷娜還不曉得發生什麼事情了，不過她原本就是一個隨心所欲的人。對方沒什麼反應，大概是因為想睡覺或是有別的原因吧，她也沒有特別去追究，而是去找其他的朋友。

然而問題在於這種狀況一直持續著。

不管她去跟風雲人物群體裡的哪個成員說話，對方都會困擾地別開眼。包含翔子在內，當所有成員都對雷娜做出這種反應，她才完全會意過來。

自己被人排擠了。

原本就不是因為志同道合才走在一起。在這個群體之中，彼此間的關係就是互相拿對方當裝飾品來使用，只要稍微出現些許裂痕，那就很容易瓦解。

但是翔子曾經對雷娜說過某句話。

說她跟自己很合。可以跟雷娜坦承相待。

在某種程度上，雷娜為這些話感到開心，也覺得找到了屬於自己的容身之處。

「啊——啊。」

雷娜發現至少可以確定自己在未來的一段時間中，將會在這個班上被人孤立起來，那愚蠢可笑的發展又讓她笑了出來。

「……真的很幼稚。」

她用強勢的語氣自言自語，但卻沒有被任何人聽進耳中。

後來雷娜在學校都單獨一個人行動。

她原本就很自我，是屬於愛恨分明的類型，只是被翔子等人排擠在外，轉眼間整個學校的人都不願意接納雷娜了。

她沒算到當時同樣在現場的冷門群體成員也開始逐漸避開自己。原本她們並非完全志趣相投。例如視覺系樂團、地下偶像團體和直播主的粉絲群體，還有線上遊戲愛好者。以及其他擁有難以讓大多數人接受的興趣，為了填補彼此孤獨感才聚集在一起的群體，雖然有亮眼的一面，這些群體在立場上卻不夠強大，沒有厲害到能夠讓那些風雲人物盯上仍安然無恙。

換句話說，因為那件事情——雷娜同時失去之前擁有的兩個舒適圈。

當然翔子應該也不至於想要持續這種制裁直到畢業吧。雷娜已經觸及了她心中柔軟的部分，這只是要給她一點顏色瞧瞧。過幾個禮拜，應該也會有機會讓她們重修舊好才對。

可是在雷娜被孤立之後，才過了幾天。

她就常常蹺課不上學，最後演變成完全不來學校了。

並不是孤立行為令她產生心病。可是在學校這個空間中遭到排擠，那讓她心生不快的程度，遠遠超乎她當初的想像好幾倍。

以前還待在風雲人物群體裡的時候，光只是從班上同學身邊經過，他們就會看似諂媚地讓開一條路。但現在看在雷娜眼中很老土又不可愛的女孩子，當她只是靠近一下下，對方就退避三舍，而且還沒有好臉色。再加上甚至還用容易聽得到的音量說了些話，像是要說給雷娜聽一樣。

「唔哇，過來了。」

「又沒什麼，我就是要過去。」

雷娜不會認輸，每次必定會回嘴。可是學校這種地方的大風向，若沒有好幾個人替自己撐腰，想要逆轉是不可能的。

「妳不應該走過來。」

「吶，就別過來了吧。」

「有聽懂？」

「……唔。」

不管雷娜說的話有多麼站得住腳，來到這邊還是等同什麼都沒說一樣。

明明是自己長得比較可愛，外貌比較好看；身為一個女人，超前對方好幾步。

雷娜皺起眉頭，表示她很不爽，但都沒有人要站在她那邊。只是沒有一個群體給她落腳，她的地位就掉到這個世界裡最底層。

任誰看了，肯定都會覺得她很慘吧。

於是雷娜決定在自己也會覺得自己很慘之前，先從那個地方消失。

只要不去上學就不存在階級問題。也不用再去見那些班上同學和冷門小群體的成員，不用被人以多欺少，強迫接受不對的言論。

取而代之——雷娜開始跟當時在現場的男人們頻繁見面。

「小奈，久等了。」

「嗯，那我們走吧。」

雷娜跟這團體其中的幾個人有親密關係，也包含翔子的前男友洋介。後來還跟算是這群人領導者的啟輔交往。

「話說雷娜，聽說妳沒有再去上學？」

「嗯～？沒去上了啊？」

「哦……反正妳應該有辦法搞定吧。那麼性感。」

「啊哈哈。」

只見雷娜笑著將啟輔的手跟自己的手勾在一起。

「……嗯，我也這麼覺得。」

當下她並沒有任何罪惡感，甚至不覺得很慘。

——而是有著難以言喻的優越感。

她在學校失去了地位，但她認為眼下這樣就不會輸給別人。

因為有那麼多上大學的帥氣男孩在熱烈追求自己。

這麼強大的容身之處，她有好幾個。

那些學長以前上高中的時候就很受歡迎，是受到學弟妹憧憬的男人們。

比起還要被整個團體的無聊氛圍所左右的正確性、只會說場面話卻沒有任何實質內涵的女孩友情，感覺上還多了好幾倍的價值。

在學校裡——在女人的世界中，她的容身處被奪走了。若是利用氛圍和言語來交際，那她只有被整個群體蹂躪的份。那樣很悽慘，但就算想靠理性來突破也不能怎樣。

只不過本能是不會說謊的。

當她利用自己的「女人味」，男人就必定會變得誠實。

因此雷娜相信的不是言語，而是感性。

並非出於理性，只有本能而已。

——用手撐著臉頰，雷娜在眺望窗外那些髒掉的冰雪。

被踩壞的冰雪被弄得黑黑髒髒，但只要稍微刮掉一些，白色的冰雪又會再次露臉。那幾個跟這些冰雪相似的說謊之人，在跟男人們初次接觸時，肯定裝得一副清純樣。

雷娜站在廚房吧檯前，放眼眺望整座網聚會場。不曉得這裡有多少還未受汙染的人們在。那最起碼自己要從一開始就當變黑的冰雪。

都是些無聊的記憶。翔子那令人厭惡的臉因為喝醉一同出現，像是要對她的臉一笑置之，雷娜將那些念頭趕出腦袋。她不曉得她們在那之後怎麼樣了。不過一定就像無聊的人類會做的那樣，度過無聊的二十歲光陰吧。一邊想著，雷娜將自己的酒杯放到吧檯上，打開附設的冰箱。對著自己那只剩下冰塊的酒杯注入金巴利利口酒和葡萄果汁，用擦了閃亮黑紫色漸層指甲油的指尖，轉動浮起的冰塊，讓冰塊發出喀啦喀啦的聲音。紅色與黃色的美麗液體混合成一體，雷娜愉悅地看著這些。

那是一種超現實的色彩。她知道自己的理性逐漸透過視覺，融合進本能之中。

喝了一口對味道感到滿足後，雷娜用舌頭輕輕舔拭被雞尾酒弄溼的指尖。

就在這時。

「我也來一杯。」

右邊突然傳來男人的聲音，雷娜面帶微笑，慢慢地轉過頭。

出現在那的人是參加者之一，名字叫做吉米。年紀大概落在二十五歲至三十歲之間。頭髮染成時下流行的茶色，塑形成很有空氣感的樣子，稍微動一下就會飄散出香草的香氣。

「啊，吉米先生。」

先是用甜甜的聲音回應，接著雷娜就在廚房吧檯那空出一人份的空位。這幾乎已經成了一種反射動作了，但其實雷娜更希望吉米能夠過來。

因為他是在 YouTube 上活動的高人氣電玩直播主。恐怕在這場網聚中是最有名的人。這樣的他願意主動過來跟自己說話，雷娜在心裡暗自竊喜。

「那是什麼？感覺是很有女孩味的飲料呢。」

吉米用沉著的語氣回應她。雷娜再次體會到，那聲音跟在影片中常常聽到的聲音確實一模一樣，同時刻意露出缺乏防備的表情。

「這個啊。那是金巴利配葡萄果汁。」

「哦。」

「要不要喝一點？」

接著雷娜熟練地用親近語氣提議，將有點碰到嘴巴的酒杯遞給吉米。看到雷娜這麼積極，吉米笑著接過那杯飲料。

「嗯，那我就喝喝看。」

「來吧，請用——」

對方也用熟練的動作接過雷娜的雞尾酒，咕嚕地喝了一口。雷娜則是滿足地看著他喝。

「好喝嗎？」

當雷娜用討好的語氣詢問，她就看見吉米眼裡出現好奇的色彩。雷娜透過體感，可以知道該怎麼做會讓男人對自己產生興趣。

吉米故作平靜，並且舉起酒杯，讓冰塊發出喀啦聲。

「嗯——酒精含量好低。」

「唔哇，根本是酒鬼。」

嘴上說了些話想進一步踏入對方的內心，像是在對深層的心靈耳語一般，她觸碰吉米的背。吉米臉上帶著從容自在的笑容，像是把這杯飲料當成自己的，又多喝了一兩口雞尾酒。當注意到的時候，酒杯裡的內容物已經剩下不到一半了。

「嗯，很好喝，是果汁。」

「喂——那可是我的喔？」

「啊，是這樣啊。」

這個男人會展現出如此積極的態度，一定是因為我臉蛋長得可愛，而且他想觸碰我的身體，我的身體很香，再加上「感覺很好上」。雖然這不代表對方已經完全看透雷娜的內在，但比起對她說些假話，那樣還比較好。

對自己的本能很誠實，男人會朝著她的身體一直線衝過來。對方在這之中還是最有名的一個。

看著他那掛著玩世不恭笑容的側臉，雷娜心想「今天要把這個人弄到手」。

「討厭——」

在說這句話的時候，雷娜開始去撫摸吉米的肩膀。那不像是拍打，更像是搔刮的動作，彷彿被電到一樣，吉米的身體在瞬間彈跳了一下。看見這個畫面，雷娜的心也啟動了官能開關。

猶如要呼應她的動作，吉米跟著說「好乖好乖」來安撫她，摟著雷娜從毛衣中露出的肩膀，並拍了拍。

透過肌膚相觸，體溫傳遞過來。

「唔哇，雷娜的身體好燙。」

「會嗎～？好吧——因為我喝醉了嘛。呵呵。」

雷娜先是調皮地笑了一下，接著就吐露性感的喘息。溼潤的雙眼直勾勾地盯著吉米看，目光像是要融化一樣。

碰巧就在這個時候。

「吉米先生——？」

一旁傳來別的女人的聲音。雷娜放眼望去，發現對方是其中一名女性參加者，這位「香草」就拿著空酒杯站在那邊。雷娜和吉米放開彼此的手，紛紛看往香草所在的方向。

她那黑色頭髮弄成厚重的鮑伯頭造型，身上穿著可愛少女風蓬鬆服飾。香草是以在影片上演奏樂器的演奏者身分參加這場網聚，不過雷娜都曉得。

剛才吉米在跟她聊天的時候，這女人一直從後方桌子那邊不滿地看著。

旁邊還有另一名女性參加者「犬丸」，她也用不滿的表情看著吉米。年齡大概落在二十五歲左右，穿著色彩鮮豔的單色系衣服搭配一頭金髮，外表看起來有點華麗。

「妳們兩個是怎麼了。」

當吉米有些不快地開口後，犬丸就用像在對他耳語的語氣，說了這番話。

「吉米先生，做那種事情沒關係嗎？你的女朋友會生氣喔？」

這句話讓吉米眉頭一皺，往雷娜那邊偷看了一眼。雷娜可以聽見對方的聲音，但她臉上表情沒變，一直看著犬丸。

「咦，妳過來這邊就是特地要說這個的？」

「因為我也是你女朋友的朋友啊……」
吉米和犬丸開始小聲爭執些什麼。
「哎呀，我不是什麼都還沒做嗎？」
「你都說『還沒』了啊……」
興致完全被人澆熄的雷娜嘆了一口氣，拿起放在吧檯上的酒杯，朝著舞池那邊走去。感覺遇到麻煩事了，她可不想被牽扯進去。
「等等，雷娜小姐。」
「嗯？……怎麼了，香草小姐。」
香草說這話明顯散發敵意，雷娜在回話的時候完全沒有掩飾那聽起來有些厭煩的語氣。香草朝著雷娜走去，用吉米和犬丸聽不太到的聲音這麼說。
「妳是不是看上吉米先生呢？」
「……什麼？」
「有很多當他粉絲的女孩子都想跟他有一腿，可是像這樣直接用肉體去誘惑，未免太讓人反感。」
看到香草這個樣子，雷娜傻眼地皺起眉頭。這樣跑來發牢騷未免太幼稚了，簡直就像是那日的紛爭再次重演。原來嫉妒的女人這種生物，都是一個樣啊。
「這算什麼。香草小姐妳是他的粉絲嗎？」
「不……」

「我們這好歹算是交流會，照理說不能以粉絲的身分來參加吧？」

只因為自己想要的東西快要被別人奪走，而那個人又對自己沒意思，就完全不去想想自己該負些什麼責任，而是跑來責備別人。

這樣的人，或者該說這樣的「女人」——雷娜覺得未免太悽慘。

「……唉。」

「妳那是什麼態度。是說雷娜妳才幾歲啊？」

「已經二十歲了。」

「我二十五歲。對別人的提點置之不理，還對著比自己年紀大的人嘆氣，這樣未免太奇怪了吧？」

香草越說越激動，這讓雷娜打從心底感到煩躁。

「妳其實是粉絲吧。也不用去隱瞞啦，反正這種人超多。」

「……又不是那樣……」

當吉米來跟自己說話的時候，這女人就覺得很受傷了吧，雷娜還在她傷口上灑鹽。

她真的很討厭這種愛嫉妒的說謊精，就帶著給她餵毒的心情幹了這種事。

「既然想要把那個人弄到手，那做跟我一樣的事不就好了。」

「都說那樣做很噁心……而且聽說他有女朋友了啊。」

像是要把香草的心挖出來那樣，雷娜露出帶有惡意的笑容。

「是妳辦不到吧？」

接著當下她直接靠近香草，手伸向蓬鬆單件式洋裝的肚子部分，連同布料一起，一把掐住對方的身體。

「妳在做什麼……！」

「這麼掉以輕心，看樣子是想用寬鬆的衣服來掩蓋，就憑這副德行是騙不了人的吧？」

「……唔！妳這個人！」

香草開始大吼，雷娜卻沒放在眼裡。這下其他參加者們總算注意到這邊氣氛險惡，紛紛過來勸和。

「妳們兩位怎麼了……」

「總之先來乾杯一下，重新和好吧！」

那些狀似焦急並聚集而來的男人們好言相勸，雷娜跟著回應──

「好──」

她在回話的時候語調明顯沒有任何起伏，接著匆匆離開現場。

＊　＊　＊

後來經過十幾分鐘。

大概是跟犬丸的爭執已經結束了吧，吉米在舞池的桌子那邊跟其他參加者談笑。

雷娜也注意到了，卻沒有主動過去攀談。因為剛才跟香草在那邊吵架令她感到厭煩——這是一部分原因，更重要的是她對某件事已經很有把握了。

「雷娜小姐，可以坐妳旁邊嗎？」

「請坐～」

於是雷娜沒有特別做些什麼，而是跟過來搭訕、可有可無的男人們隨便聊些事情打發時間，同時也慢慢將酒灌進自己身體裡。

不該說這是在打發時間，比較像是在演戲給別人看。

若是你不趕快追到手，會被其他人搶走喔。

當你沒注意的時候，就會消失不見。

在那之後又過了十幾分鐘。

是被逼急了，還是原本就很急。吉米一隻手拿著酒杯，走到雷娜身邊。

「剛才抱歉喔——」

「嗯——？沒關係啦？」

吉米坐到雷娜旁邊，讓酒杯輕輕碰撞對方的酒杯。兩人一起共享那小小的敲擊聲。

「剛才講了一些奇怪的事情被妳聽見了。」

「嗯。」

緊接著雷娜的臉微微靠向吉米。

「你有女朋友啊？」

她說話的聲音比剛才還要疏遠一些。

「啊——……對啊最好別告訴大家。」

「是喔……」

吉米的手就放在椅子上，雷娜輕輕將手放到那隻手上。

兩人的體溫逐漸混合在一起。

「……唔。」

然後雷娜露出充滿誘惑力的笑容，在吉米耳邊帶著喘息聲說——

「——可是你依然再次來到我身邊了？」

挑逗的程度跟這句話不相上下，雷娜的手指宛如觸手一般，纏繞上吉米的手。比起握手，這更接近愛撫，讓吉米的本能逐漸被挑起。

纏繞在一起的手指是最誠實的，兩邊都一樣火熱。

「雷娜妳不是也希望我過來嗎？」

聽得出吉米在說話時強壓下那股亢奮，而跟雷娜指節交纏的手指一直在蠢動，貪戀那份肉慾。想必他那顆腦袋已經被接下來會發生的事情塞滿了吧。

關於這點，雷娜也一樣。

「或許是吧？」

「看吧。」

一邊說著，吉米放開手指，手繞上雷娜的腰。有男人味的粗糙大手觸感隔著毛衣，傳遞給雷娜。

帶來一股難以言喻的快感。就形同——在那些裝清純說謊精到不了的地方，一個有價值的地方，產生了屬於她的容身之處。

於是雷娜決定順從自己的渴望，好好享受跟吉米之間的遊戲。

「嗯，我很想這麼做。」

在說話的同時，雷娜還在桌子底下碰觸吉米的大腿。很靠近大腿的根部，是一個岌岌可危的位置。吉米雖然沒有透過表情表露出來，但可以感覺得到他的身體變得緊繃。

「嗯——？你怎麼了？」

「……沒什麼。」

吉米一直假裝自己無動於衷，但就連雷娜都曉得他的身體已經明顯興奮起來了。摟在自己腰上的手也變得用力，不管是他還是自己，身體都慢慢被汗水浸透。

「是嗎？你剛才好像動了一下？」

雷娜除了說這段話，碰觸大腿的手還逐漸滑向內側。他的手這下更是明顯用力，這次不僅是雷娜的腰，連她整個身體都拉過去了。

「嗯……」

雷娜發出顯然有別於先前的甜膩嬌喘，整個人像是要靠過去那樣，將上半身的體重微微放倒在對方身上。

「吉米先生，你的身體好燙喔。」

代替回應，吉米將放在腰上的手往上移動，碰觸雷娜的側腹。有如在品味那沿著腰發展的魔鬼曲線，以及柔軟的觸感，他的手正用帶有情趣意味的方式動著。

「雷娜也是。」

「我那是……因為喝醉了。」

「那我也一樣。」

只是像這樣稍微縮短距離，三兩下就能讓對方把持不住，觸動男性本能。雷娜善用女人擁有的武器，讓對方在某個環節上毫無招架之力，挑起他的興致。

而且對方還是這裡最有名的人。

跟所謂的悽慘差遠了，是一個很強的靠山。

「……是嗎？」

雷娜用蕩漾的目光望著吉米。那雙眼睛泛著淫靡的水光，感覺光是看著就能將人融化，跟自己合而為一。

「那我們……都是酒鬼呢。」

手上拿著酒杯將那些雞尾酒喝下肚後，令人通體舒暢的甜味讓腦子跟著變得暈陶陶的，擴散進思考回路的酒精將理性溶解。

「真的呢。我們一樣。」

耳邊可以聽見許多人聒譟的喧笑聲。腰部那麻痺的感覺和微醺感，以及耳邊可以聽見的沉靜聲音，若是讓自己的身體隨著這些隨波逐流，感覺會越來越控制不住本能。

最後雷娜準備讓他們兩人一同墮落，開口說了這麼一句話。

「吶，我想去吉米先生的家。」

＊　＊　＊

「再見囉。」

弄乾原本還很溼的頭髮，雷娜離開男人的家。外頭的太陽已經出來了，照這個情況看來或許會遇到上班尖峰人潮，這讓雷娜有點憂鬱。

去車站的路上，道路旁邊還殘留了被人們亂踩過的冰雪。雷娜先是不屑地看了一眼，接著就在那上面粗暴地踩了幾下，然後興趣缺缺地別開目光。

來到車站坐在月臺的椅子上後，她先瀏覽 Twitter。打開專門跟某些人交流用的上鎖帳號通知欄，她看見昨天在網聚上遇過的十幾個男人已經提出追蹤請求了。

「啊哈哈，好多喔。」

雷娜帶著好心情自言自語，逐一接受那些請求。老實說她根本不曉得誰是誰。只不過有這麼多男人特地送出請求，為的就是關注自己，這件事情令她感到愉悅。最重要的是。

雷娜看著位在她追蹤者欄那裡的吉米帳號。在他的帳號中，被他追蹤的人大概兩百多一點，追蹤他的有好幾萬人。被選為相當於吉米追蹤人數百分之一以下的那兩百人，一想到這，雷娜就感到自己的身體正興奮顫抖。不曉得在這些人之中，跟他發生關係的女人有多少。那就好像是自身存在、身為女人的自己，透過數字量化獲得肯定。

雷娜那雙從單件式毛衣洋裝中露出的雙腿緩緩換腳交疊。光只是這麼做，男人就會注意到她很有女人味。

就在這個時候，Twitter 突然傳出通知聲。

「咦？」

能讓雷娜感到驚訝。因為通知內容是說有人發出追蹤請求——對方還是昨天在網聚上起過爭執的香草。

稍微想了一下，雷娜這才明白。

「啊——……她是在擔心吧。」

在那之後她跟吉米一起消失了，要香草袖手旁觀當作沒看見是不可能的。因為香草對他那麼執著。

去回溯香草的帳號後，雷娜發現好幾個像是在聲援實況直播主吉米的留言。

「看吧……果然是粉絲嘛——這個騙子。」

除了在那竊笑，雷娜還心生一計。

既然對方要說謊，那我只要講實話就行了。

於是就像在戲弄別人一樣，又或是隱含著挑釁意味。

早上八點，她留下了這樣的貼文。

『我等一下要回去了～』

留完之後等了十幾分鐘。

看到吉米給了一個「讚」，雷娜這才接受香草發出的追蹤邀請。

5
大家一起唱的歌

年末。這天聖誕節降下的冰雪也開始融化了。

我來到打工地點卡拉ＯＫ「SEVENTH」。

不過今天不是為了工作而來。

「好耶————————！來唱歌吧？大家來熱鬧一下！」

在其中一個房間裡，竹井雄糾糾地站在大家面前，拿著麥克風大喊。

對。今天是中村那幫人、日南、深實實、泉跟我總共七個人來唱卡拉ＯＫ，當作是年末尾牙的日子。聖誕節那天沒能去唱卡拉ＯＫ續攤，我們就找別天改成辦尾牙，讓這個活動復活。

「竹井你閉嘴——」

「好吵喔——」

中村和水澤在一旁亂吐槽，但那好像讓竹井很開心。不管內容是什麼，光是有人搭理他，對竹井而言好像就值得高興了。

「當然要了！我也要來熱鬧一下！」

竹井興致這麼高昂，一如既往過去配合他的正是深實實，她手上也拿著麥克風，躍躍欲試地站著。連一首歌都還沒唱就嗨成這樣，我已經有種強烈的預感，那就是我等一下肯定又會變成局外人。

不過今天我可不能輸給他們。這是因為——

日南有給我一個課題。

「那兩個人還是一樣吵鬧呢——」

我旁邊坐的是水澤，對面隔了一個位子坐了日南，正對著我們這邊微笑。順便說一下，另一側旁邊是泉的座位，她隔壁有中村死守。

「對啊——話說為了工作以外的原因跟文也一起來卡拉ＯＫ還是頭一遭呢。」

「喔、喔喔。好像是。」

話說這本來就是我第一次跟朋友來唱卡拉ＯＫ，但我沒講。日南先是用眼神督促我，接著視線就向下看，開始操作被稱作電子目錄的選歌機器。我沒有來唱卡拉ＯＫ的經驗，但因為在店裡打工，才會知道電子目錄這種字眼。

今天我被賦予的課題是——跟所有成員分別一起唱一次歌。

我跟這些成員已經混熟到某種程度了，難免會想這種慶功宴，其實可以讓我自在享受啊，可是像那樣停滯不前，是有上進心的玩家最害怕的事情，因為明白這點，所以總體來說也該要感謝她吧。

「那我要唱〈桃色幸運草〉——————！」

大喊完這句話，第一個點曲子的人是深實實，畫面上開始播送〈桃色幸運草Ｚ／行動吧！怪盜少女〉官方原始影像。

深實實起身來到前方化身成偶像，開始對著觀眾席這邊用誇張動作拋出飛吻之類的。看她玩得那麼開心真是太好了。竹井他們也很愛，像這種場合有深實實在，就會變得開開心心。

等到音樂開始播放，她就很有活力地左右擺動身體，嘴裡唱起歌。

「蕾妮 夏菜子 深實實 詩織 彩夏 深奈實♪」

「喂裡面好像加了什麼東西。」

「這樣不就變成有兩個深實實了嗎——」

這超隨便的替換歌詞配上中村、水澤瞎起鬨，將現場氣氛炒熱。深實實還是繼續到處亂加歌詞，或是配合一些很有喜感的肢體動作，在那高聲熱唱。一方面可能是因為她原本聲量就很驚人吧，深實實歌唱得還不錯。若是不要耍寶唱些民謠之類的，搞不好會讓人聽得很感動。

話說唱到一半還出現像是「報數！」這樣的歌詞，深實實從一頭開始用手指依序指人，人們也跟著叫「1！」、「2！」、「3！」、「4！」、「5！」、「耶咿——！」，為什麼大家都能在一瞬間反應過來。義務教育又沒有教這個，是在哪裡學會的啊。

「那最後再來一次——！」

歌唱到最後那邊又來了一段，深實實高唱「優鈴 葵 深實實 阿弘 修二 文也♪」，很會服務觀眾，竹井則是悲哀地說「怎麼沒有我!?」。雖然是順勢而為，但是被人叫出文也這個名字，讓我嚇了好大一跳。就只有父母親和水澤會叫我文也，拜託別這樣出其不意發動攻擊。

「耶——辛苦啦——！」

等這一首歌結束後，泉就拿起原本放在房間中的鈴鼓擺動，來增添熱鬧氣息。

雖然我很快就被這波浪潮吞噬，但我應該要來完成課題才對。像這樣跟大家一起來唱卡拉ＯＫ還是第一次，說真的我連這種時候該跟著嗨還是該說些話都搞不清楚，這下又多了一件事情要做，雖然一起來的人都很熟悉，但難度還是頗高。別說是要我靠社交能力等級來做戰了，這嚴格說起來還比較接近解謎吧。

「好──！換我啦！」

這時竹井邊說邊抓住麥克風，開始唱播送出來的歌曲──嵐的〈Love so sweet〉。竹井這個人超粗枝大葉，距離傑尼斯系根本太遙遠，但只能說竹井會喜歡嵐還滿合理的。感覺他就是會喜歡漢堡排、新幹線跟嵐。

看著竹井那張唱歌唱得很盡興的臉，我想到一件事情。

若是要在這邊跟大家來個二重唱，那就必須營造出「兩人一組唱歌」的氛圍吧。若是要那麼做，那為了創造出這樣的氛圍，最容易下手的恐怕是竹井。

邊看著電子目錄，我邊動腦。哪些曲子是我知道的……竹井也會喜歡。根據我目前取得的情報指出，竹井八成喜歡吉列豬排咖哩飯、太空梭、寶可夢班基拉斯。

──也就是說，是那個吧。

我拿起原本放在桌上的電子目錄，開始搜尋要找的那首曲子，點開預約畫面。

當竹井唱的那首歌進入間奏時，我就預約了某首曲子，等待獵物自投羅網。

「哦哦──！這首看起來超棒的啊！」

看到在畫面右上角出現的小小歌曲名稱，竹井發出歡呼。很好，三兩下就上鉤了。這獵物一下子就落入陷阱，讓人連感動的機會都沒有。

「喔，竹井你喜歡這首啊？」

「超喜歡的啊！被人搶走了啊……」

這話竹井說得很洩氣。

沒錯。我點的歌就是動畫《航海王》的代表性主題歌曲〈We Are!〉。

「那……要不要一起唱？」

「咦!?可以嗎!?」

「可以呀完全沒問題。」

於是就這樣，我輕鬆跟竹井達成約定，在這次的課題中，我已經順利解決掉第一個人了。反正這就像是小班式教學，遇到其他人還要再另外下點功夫才行。畢竟我原本認識的歌曲就少之又少。

等到竹井唱的那首歌結束，接下來換成播送由ＡＡＡ這個團體所演唱的〈戀歌與雨天〉。演唱者我完全不認識。這個時候出來握住麥克風的人是泉，讓我親身體會到她跟我會聽的音樂在文化上是有段落差。話說她歌唱得很好，音質也很像現充會有的，中氣十足。歌曲裡面的精華曲段好像有聽過，就是這樣的一首歌，大概是她的歌唱力幫忙起到加分作用，讓我在聽的時候會覺得自己是在聽音樂沒錯。

接著要播放的就是我點的歌〈We Are!〉。啊，話說該怎麼辦。雖然是跟竹井一起唱，但當著別人的面唱卡拉ＯＫ還是頭一遭。我好像變得有點緊張了。

當我不知所措地捧著麥克風，看樣子一點都不緊張的竹井就興致勃勃地對我說。

「要來了對吧！小臂，那個可以讓我做嗎⁉」

「那個是指？」

「就是一開始的那個！啊啊真是的，已經開始了，我要上啦！」

「咦？」

在那之後一頭霧水的我開始觀察竹井，竹井把聲音壓得比平常還要低一些，接著說了一段話。

「——呃，把這個世界的一切？全都據為己有的男人！還有……羅傑最後說的話是……會有許多的海賊誕生！然後是寶物？大家去找吧！全都給你們也無所謂！我把這世界的一切都放在那邊了！接下來將要迎接……大航海時代！」

就連對這方面不是很熟的我都聽得出來，那段開場白錯誤百出，對比真正的歌曲開場，還空了一大段時間。我不曉得該怎麼辦才好，就握著麥克風等待，竹井也沒話可說了，跟著陷入沉默，感覺氣氛開始變得很奇怪。

「做不到就別做了！」

多虧一臉引以為樂的水澤出面吐槽，這場殘局才被挽救過來。不過竹井出現了這麼大的失誤，我也比較容易出手了。

於是變得稍微比較沒那麼緊張的我就成功和竹井搭檔唱二重唱。話說這是那個吧。我值得紀念的人生第一次二重唱被竹井占有了。這樣對我來說是好事嗎？

「～～～♪」

話說回來，多虧竹井用那超級大嗓門歌唱，我的歌聲才得以被覆蓋掉，但我依然還是感到驚慌失措。

歌曲迎來最後的高潮。

由於這首歌曲大家都耳熟能詳，再加上竹井全心全意投入，用盡吃奶的力氣高歌，房間內的氣氛被炒熱到最高點。

終於演唱完的我把麥克風放下，嘴裡吐了一口氣。

當歌曲一結束就會出現預約歌單，那時是沒有聲音的。總覺得唱完一首歌等下一首歌出現的這段期間好尷尬。泉唱完之後，我明明一點都不介意，自己唱完歌卻強烈覺得「抱、抱歉承蒙你們收聽……」。

大概是看到我這樣了吧，在我旁邊的水澤臉上露出痞子笑容，還拍拍我的肩膀。

「意外的還不錯喔。」

「喔、喔喔。謝啦。」

「雖然因為竹井的聲音太大，幾乎聽不到你的就是了。」

「喂。」

當我們在講這些的時候，下一首歌開始播放。來卡拉ＯＫ就是那樣吧。每隔幾分鐘就只有幾秒的對話時間可用。

這時畫面上出現 ONE OK ROCK 的〈完全感覺 Dreamer〉，出來握住麥克風的人是中村。啊，我也知道這首歌。

「噢！這首不錯！」

看到泉開心地呼應，中村看上去心情還不壞，他開口應了一句「喔」。這對情侶感情真好。

接著中村點的歌開始播放，就跟他的外表有著一樣的風格，是非常有力量的一首歌，光聽就知道是一首音調很高很難唱的歌，而中村靠著他的聲量突破難關，把歌唱得很帥氣。這就是潛能型現充的實力嗎？

唱到一半還站起來投入地歌唱，做出這種孩子氣的調皮行為。在這種時候，中村很容易展現孩子氣的一面呢。

話說在選曲上好像能夠看出性格，像這種很有爆發力的歌曲類型非常適合中村。如果我來唱同樣類型的歌，怎麼想都覺得自己一定會輸給伴奏。

「耶——！修二果然好強喔！」

可能是在模仿泉吧，竹井也拿起鈴鼓喀唰喀唰擺動，幫忙炒熱氣氛。那樣子簡直跟他太搭了，讓我不由得笑了出來。

「……竹井，你好適合拿鈴鼓喔。」

聽到我說出感想，隔壁的水澤就在那邊偷笑。

「好高興喔⁉」

我根本不是在誇獎他，可是當事人竹井看起來好像很開心，就這樣吧。

緊接著換水澤握住麥克風，開始播放的歌曲是這個，Official 鬍子男 dism 的〈Pretender〉。

他們好像很有名氣，樂團的名字很奇怪，這點就連我都曉得。

「喔——！來了！阿弘的 Pretender！」

這個時候，直到剛才還在跟中村你儂我儂的泉一口氣轉變，開始大聲起鬨。

「就是在等這個——！」

「這一定要聽。」

接著深實實和日南也開始興奮幫腔，是不是每次水澤都會唱這個啊。話說這群人還真要好。

再來水澤就開始唱歌了——跟中村那很有爆發力的類型又是不同風貌，唱起來很有型，仔細聽會發現這首歌曲好像不太容易唱，他卻輕輕鬆鬆唱完，唱得像是毫無難度一樣。

聲音很清爽優美，應該沒人會討厭這種類型的歌聲吧。中村具有爆發力，水澤歌唱技巧好，再加上一個竹井，在這個現充群體中，每個人果然都很有各自的特色呢。

「哇……」

只見泉陶醉地眺望的畫面，這時我偷偷看中村的臉，發現他臉超臭。這傢伙還真好懂。

不過這下有點困擾了。都已經跟竹井兩個人一起唱歌了，原本還想說接下來會變成比較容易跟人二重唱的氣氛，這下卻遇上連續兩個人都唱獨唱。這樣需要完成剩下的課題就很難了。

——沒想到此時整個流向再度出現轉折。

「深實實！接下來輪到我們啦！」

現在是在預約畫面的無聲狀態下，而那話是日南說的。我看著畫面，發現顯示出來的下一首歌是——Perfume的〈巧克力disco〉。

「很好——！包在我身上——！」

深實實也開心地應和。她們兩個人好像達成共識了，但這是要做什麼呢，我邊想邊觀望，結果那兩個人不知為何站了起來，開始移動到大家面前。大家也說「等好久啦！」，並且拍起手來。

當歌曲的前奏開始——那兩人居然跳起舞。

「咦咦——……？」

我則是面露苦笑。

因為電視畫面上正在播放樂團本尊的影像。那兩人則是站在前方跳舞。

這兩者完全同步。這些人是怎樣。

等到開始唱歌的時候，她們連歌詞都不看，邊開開心心唱歌，邊跳出完整又漂亮的舞步，這兩個人看上去活脫脫就是偶像了。日南同學深實實同學妳們這是在幹麼。看妳們好像很習慣跳了，是常常在跳嗎？

「好可愛——！」

「超棒——！」

泉跟竹井發出喊叫，整個人變得很嗨，中村和水澤也笑呵呵地看著這一切。這是怎樣。她們確實外貌條件很好又光鮮亮麗，再加上身體機能很不錯，我知道當這兩個人一旦又唱又跳，光那樣就能讓人看了很開心。某些部分就連我都帶著苦笑看得很入迷。她們舞算是跳得不錯。

這個時候我注意到一件事情。我覺得原本已經沒了跟人二重唱的氛圍，不過仔細想想，大家會陸陸續續預約要唱的歌，當我在跟竹井兩個人一起唱歌的時候，當時別人預約的歌曲差不多會在一段時間後上檔，會於這個時間點上出現是嗎？每隔一段時間就能創造新的氛圍，這就是卡拉ＯＫ。而點這首歌的人是日南，可能是看到我努力在跟竹井一起唱歌，基於同情才願意搭上二重唱的順風車也說不定。

總而言之，這下子想要發展成二重唱又變得容易起來。我要利用這個機會，先來想個作戰計畫，首先就來邀請坐在附近的水澤或是泉好了。

不過該怎麼辦。老實說在我知道的歌曲中，我完全找不到能夠跟泉一起唱的歌，再加上旁邊還有中村那雙眼睛在盯著，一想到這邊，我就覺得要邀請泉很難。剛才水澤把歌唱得很帥氣，光只是看到泉有開心的反應，中村就一臉不爽的樣子，一旦我邀請泉一起唱歌，他一定會用那強韌的下顎粉碎我的骨頭。因此要邀請泉唱歌，必須趁中村唱歌還是做些什麼事的當下見機行事才行。

於是我決定先來找水澤，可是關鍵問題在於歌曲的部分該怎麼辦。

我找來電子目錄，打開歌曲排行榜的頁面，再從分類那邊點選二重唱的分頁。想從裡頭找找有沒有自己認識，水澤也會願意配合一起演唱的歌。

接著我盯上其中的某首歌。

「……水澤。」

「嗯？」

我讓水澤看電子目錄的畫面，同時跟他搭話。

「要不要唱這個？」

「兩人一起唱嗎？」

「對。」

「是沒問題，不過文也從剛才開始就一直在找別人一起唱歌呢？」

這句話讓我的心臟跳了一下。我現在為了完成課題，所做的行動都有目的性，水澤這麼敏銳好可怕。

「是、是嗎？」

「文也你是不是……」

「什、什麼？」

話說到這邊，水澤扯嘴笑了一下，用手指指著心裡七上八下的我。

「——是不是在害羞啊？」

「……對。」

後來他就隨便推測出一套理論。但我當然不能讓他發現有人對我出了課題。除了感到安心之餘，我繼續執行作戰計畫。

「就是覺得丟臉，才會拜託你。」

「真是的，拿你沒辦法。」

在說這句話的時候，水澤從我這邊順手拿走電子目錄，預約了我搜尋出來的曲目。這種時候通常會掌握主導權恐怕已經成了水澤的習慣了吧。我決定都放心交給他處理。

話說在這段期間，中村和泉一起合唱HY的〈AM11:00〉這首曲子，他們兩個甜蜜到不行，簡直就是在體現「你們這些現充最好炸死」，害我很想忽略，不過在整首歌的精華部分，泉和聲和得很漂亮，中村在唱類似饒舌的地方也唱得很好，害我一不小心就聽得入迷。這首歌曲我沒聽過，但那歌唱品質會讓人覺得，這兩個人已經很習慣唱那首歌了吧，他們兩人大概一起去唱卡拉OK好幾次了。想到這邊就覺得有點火大，果然還是很想忽略他們。

接下來輪到我跟水澤。隨之播送的曲子是米津玄師和菅田將暉合作的〈灰色與青〉。像這麼有名的曲子，我多少也懂一些，當然我想水澤是沒問題的吧。

「喔——！是水友組合！」
「哈哈哈，那什麼鬼。」
聽到深實實發出這種謎樣的呼喊，水澤的反應是苦笑。接下來要開始唱歌讓我很緊張，害我沒餘力做反應。
「啊，那我先唱。」
「咦？」
當第一個段落要開始的時候，我才注意到。啊，話說這首歌不像剛才那樣要同時唱，而是輪流歌唱的形式。那就表示我獨唱的歌聲終於要被大家聽見了。嗚嗚，這下更緊張。
現在歌詞上面有出現黑桃記號，等到變成梅花就輪到我唱。因為我在卡拉ＯＫ店打工，我清楚很多關於這方面的事情。
「～～～♪」
負責唱第一梯人聲的水澤唱完一段、兩段，再來就會輪到我——咦？怎麼都沒來。
字母依然還是打著黑桃符號，直接進入全歌曲的高潮，然後這段高潮結束。
原來這首歌曲是其中一大段某個人唱，第二大段別人唱，像這樣完全區分啊。也就是說等到第二個人唱的完整段落，全部都會被我的歌聲填滿。不過我說要來唱卡拉ＯＫ的時候，我就已經做好這方面的覺悟了，倒是沒關係，只是覺得有點不好意思。

「～～～♪」

於是我也努力歌唱，同時還很在意大家覺得我唱得怎樣，就偷偷看他們那邊，但他們不是在看電子目錄，就是很一般般地看著螢幕，似乎沒什麼特別的想法。還有些人去飲料區那邊替喝完的飲料做補充，嗯，這個世界就是這樣。

於是我平安無事把歌唱完，再來將麥克風放下。

這時日南笑嘻嘻地對著我開口。

「友崎同學，沒想到你唱得還不錯！」

她這麼說。妳會說這種話是不是為了有助於課題進行。

「喔、喔喔，謝謝。」

我邊說邊偷瞄，發現日南好像要跟中村一起唱什麼歌，兩個人都拿起麥克風。哦，這不就是個好機會嗎？

接著播送的曲子是 King Gnu 的〈白日〉，這首曲子我也曉得。那有限的知識還包含知道這首曲子中有人負責唱高音，有人負責唱低音，我想應該會這樣分工歌唱吧。

之後歌曲開始播放，當日南開始唱歌——氣氛就變了。

跟剛才的〈巧克力 disco〉不同，搖身一變轉換為很認真的歌唱方式。日南唱歌時運用了氣音、假音和顫音等等的技巧，這已經不像是在唱卡拉ＯＫ，那等級已經提升到翻唱了。這個人到底是有多萬能啊……我覺得中村應該也算是很會唱的，但是跟日南放在一起就免不了有點相形失色。

就這樣，我觀賞這兩位群體領袖的合唱表演好一陣子，找個恰當的時機偷看泉的反應。結果就跟剛剛中村的反應差不多，果不其然，她看起來有點不高興。沒錯，這就是所謂的好機會。

「……泉。」

「嗯……怎麼了，友崎！」

在那龐大音量的覆蓋下，我還是用對方聽得到的音量說話，並且做出這樣的提議。

「等一下要不要一起唱歌？」

「咦？好啊！」

她一下子就答應了。所以說我覺得這跟她嫉妒中村也許沒什麼關係，單純只是泉比較好講話，不過既然她都答應了，那隨便怎樣都無所謂。

這下問題變成要唱什麼歌——在看剛才那個歌曲排行榜的時候，我靈光乍現。剛才不是先找泉會喜歡的歌，再從中挑選我知道的曲目，而是找我喜歡的歌，接著才來搜尋有沒有可能會對泉口味的曲目，結果發現了那個。

於是我就要泉看螢幕，並做出提議。

「唱這個。」

「……啊——！是鬼滅！」

對。就是 LiSA 的〈紅蓮華〉。雖然是一部動畫，但有著出類拔萃的高人氣，而且還突然變成連結阿宅和現充的橋梁。這完全就是一部那樣的作品，不只是泉，中村和竹井也都說過他們有在看，我想那樣形容當之無愧吧。話說其實我不過只是個電玩遊戲的玩家而已，對動畫領域並非瞭若指掌，但是比起泉可能會喜歡唱的那些閃亮亮歌曲，這種歌我還比較熟悉。

話說這首曲子在動畫歌曲排行榜上高居第一名，這就是所謂的當局者迷。若是一開始看排行榜單就好了。

「好耶！來唱吧！」

「好——」

就這樣，我對這首歌曲按下預約，這下原本是一大難關的「跟泉一起合唱」也順利突破了——

沒想到。

在我發送出要預約的歌曲時，中村正好碰到間奏，一看到曲名就很有興趣。

「哦，這不是鬼滅嗎？不錯欸。是誰要唱的？」

感、感覺事情好像不妙了。

「啊，是我跟友崎。」

「啊？」

中村聽了就臭著臉看我跟泉。他的表情非常不爽，這下糟糕了。這個時候間奏結束了，中村又回去唱歌，讓我得到一些可以動腦的時間。若是不趁這段時間想想辦法，我會被他咬碎。

不過該怎麼辦才好。感覺這樣下去對方會拿「我也想唱」當理由把麥克風搶走，非常有可能妨礙我完成課題。是說若不想想對策，八成會變成那樣。

這根本就是一大危機。但我可是日本第一的遊戲玩家 nanashi。

那我應該能夠想出逆轉勝的策略。這種時候我是不想展現 nanashi 的氣魄啦，但是中村的臉太可怕了，害我下意識認真起來。這就是所謂的求生本能。

於是轉變成 nanashi 的我，沒有花太多時間就找到答案。

對。遇到危機的話——再變成轉機就行了。

於是我趁中村唱完歌的那一刻挺身而出，用讓中村和泉能聽到的音量開口。

「啊，那要不要三個人輪流拿麥克風唱歌？」

「喔，好像不錯喔！」

泉一下子就答應了，中村雖然在一瞬間露出錯愕的表情，但還是接受了，嘴裡說「那倒無所謂」。他大概覺得這樣還比只有兩人一起唱歌好一點吧。

很好。原本要跟泉一起唱歌的機會差點被中村搶走，好不容易扭轉回來，而且還能夠唱一首歌就同時完成跟兩個人合唱的任務。日南老大又沒說一首歌只能跟一個人唱，這樣也行吧。

於是我就介入中村和泉這對情侶之間，當第三者跟他們合唱完畢。日南不算在課題裡面，再來就只剩下深實實。

不過該怎麼說呢……從某個角度來看，深實實是最難解決的吧。來卡拉ＯＫ這邊唱雙人歌曲，不管怎樣都容易遇到跟戀愛有關的歌，就算不是那樣好了，在音樂領域中本來就是戀愛歌曲偏多。

要我跟現在的深實實一起唱那種歌，對我來說有點難。她曾經跟我表白，可是我現在卻跟菊池同學交往，要跟深實實兩個人一起唱歌就怪怪的了。

我看了看時間發現還剩三十分鐘可唱。照這個步調進行下去，接下來會輪到我的次數大概就只剩一到兩次了吧。

大概是已經進展到後段的關係，房間內的氛圍變得越來越平靜，當日南開始唱愛繆的〈金盞花〉，之後大家就有種準備要唱安靜歌曲的感覺。

接著換深實實唱 koresawa 的〈戀人失格〉、泉唱ＨＹ的〈３６６天〉，感覺氣氛變得好棒。大家好像開始唱自己真正想唱的歌，當然我個人是找不到這樣的歌，真的像個無頭蒼蠅一樣。

對了水澤現在正在唱 RADWIMPS 的〈Sparkle〉，就像之前那樣，泉又聽得很陶醉，然後中村看起來很不爽。這好像已經變成既定發展了，我似乎變得再也不擔心這檔事。順便說一下，在那之前竹井又在唱嵐的歌，算了就別管他了吧。

當水澤在唱歌的時候，中村一直在弄電子目錄，看起來非常懊惱。經過一段長時間的考慮後，他預約了ONE OK ROCK的〈Wherever you are〉。話說你考慮那麼久是怎樣，不過我想他應該是在找能夠跟水澤對抗的歌曲吧。

「〜〜〜♪」

煩惱那麼久似乎沒有白費，中村認真起來唱的歌非常動聽，讓泉露出女朋友會有的陶醉表情。不過他們本來就是情侶，這樣是很值得慶幸沒錯，隨便你們愛怎樣就怎樣好了。我到底都被迫看了些什麼。

在這一來一往之間，我們總算也被通知可以唱歌的時間只剩下十分鐘。

差不多要到最後一首歌了，不然就是再唱完一首才會輪到最後一首。起碼可以確定這是我最後能夠唱歌的機會了。

課題還沒結束，只剩下深實實。那接下來，我該怎麼辦呢？

趁大家認真起來唱歌的時候，我在那思考。

要怎麼做才能順利跟深實實一起把歌唱完。

這樣不會太尷尬嗎？

思考過各種可能性後，我決定放手一搏。

先是觸控電子目錄的畫面，送出要預約的歌曲。

接著在卡拉ＯＫ的螢幕上就出現——〈合唱曲／啟程的日子〉。

我開始觀望大家的動向。

緊接著。

「……喔喔——！軍師做得好啊！」

「小臂幹得好！我也要唱！」

不出所料深實實上鉤了，還有原本就預料可能會一起上鉤的竹井也中招。

「好——那大家一起來唱吧？」

再來這話是泉說的。

沒錯。這就是我要的情境。

——打造出大家一起唱合唱曲的氛圍。

在卡拉OK打工的時候，我有的時候會看到一整群學生最後會用這種方式來做個總結，我看過好幾次了。這樣一來的確就不會變成要某個人唱最後壓軸，還能炒熱氣氛。

再者這麼做的話，課題開出的「一起唱歌」這個條件將能夠順利達成。因為我跟泉和中村就三個人一起唱歌，完成了課題，這表示不僅僅限於「要兩個人一起唱」。就算有人說我奸詐又怎樣，錯就錯在不應該在規則上留下漏洞。

於是我們所有人就一起唱歌，如此一來還能跟深實實一同歌唱，能夠平安無事完成目標……應該可以吧日南老大？

唱完之後，我跟水澤還要在卡拉OK「SEVENTH」打工，所以我們原地解散，目送大家離開。

話說回來。因為課題的關係奮鬥了好幾個小時，但這單純就是跟好朋友們一起唱卡拉ＯＫ，感覺還滿開心的。

一邊想著，我跟水澤一起來到更衣室，等待打工的時間到來，我開始打要發送給日南的 LINE 訊息。

『剛才最後那邊也有跟深實實一起唱到歌，課題算是完美達成了吧。』

我一臉得意地發出訊息，等待日南回覆。呵、呵、呵，怎樣啊 NO NAME。這就是能夠改變遊戲規則的 nanashi 作戰方式。

我邊幻想日南露出懊惱的表情邊等她回覆訊息，幾分鐘後日南回給我這段訊息。

『哎用這種方式達成目標是沒關係，但既然都要這麼做了，只唱最後那首歌就好了吧。』

「……」

被她那麼一說才發現，確實是那樣沒錯。那樣就可以跟所有人一起唱歌了，既然這樣都算數，那在這之前努力跟其他人一起合唱根本就沒意義。

「……唔嗯。」

「文也你怎麼啦——？」

「啊，沒、沒什麼。」

事情就是這樣，雖然完成課題了，卻被謎樣的戰敗感包圍。感覺一點都不爽快。

弱角友崎同學

The Low Tier Character

"TOMOZAKI-kun";

6
被爐裡的天使

十二月三十一日。除夕。

我待在家裡的被爐中，在吃橘子。

腦海裡浮現今年發生的諸多變化。之前我都獨自一人在單調的世界中生活，這一年來發生的事情實在太過劇烈鮮明。那色彩令人感到目眩，還帶來一波未平一波又起的情感起伏，對於內向的我而言，那些變化大到讓我上氣不接下氣，但這些日常生活同時也讓我打心底覺得開心。

這是因為讓我感到開心的，並非這個世界發生變化，而是我有所改變，我多了這份自信。

我右手拿著一顆橘子，左手握著手機。

竟然邊吃東西邊用手機，我是從什麼時候開始變成這種沒教養的女孩子了。但是我正興奮地等待收到訊息的通知，若不是來到新的境界，肯定沒辦法品嘗這樣的感覺，那讓我很珍惜。

被爐溫暖了我的腳，可是空氣卻讓我的腦袋冷颼颼的。

眼下形同一手拿著果實，另一方面又在等待令人魂牽夢縈的字句到來。

幸福與不安混合在一起，這樣的感覺看似不自然，但那一定是很平常的事情。

原先迷惘和自卑感如冰雪一般堆積，在我眼裡留下陰影，在那之後，這些情景確實發生改變。如今每天都耀眼得令人不禁瞇起眼睛。

而改變我的也是——在我左手中握著的那份期盼，期盼見到的那個人。

「姊姊——！年糕竟然不能放到蕎麥麵裡面——！」

這時我的弟弟陸從廚房那邊衝過來，一屁股坐到我隔壁。陸小我四歲，都已經是中學一年級的學生卻離不開姊姊，不過他在學校很活潑，還擔任運動會上的啦啦隊隊長，一時間還讓人很難相信他是這樣的孩子。我想在家裡頭跟外頭，他表現出來的樣子會有點差異吧。

包含我在內，想必不管是誰，在某些時候都會擁有不同的面貌。

「新年蕎麥麵本來就不能加年糕喔。」

「咦！是這樣啊!?」

「嗯，年糕湯才可以加年糕。」

「啊！原來！」

一下子就會意過來的陸很可愛，我摸摸他的頭稱讚他很乖。陸則說「別、別這樣啦。」，但還是乖乖讓我摸，我想他應該不是非常討厭這樣。

「對了！剛剛我從媽媽那邊聽說一件事！」

「聽說了什麼？」

「聽說姊姊交男朋友了？好色喔。」

「什……」

陸現在可是說了不得了的話。我原本就猜到可能會被戲弄，才決定不把交到男朋友的事情說出來，這下他不只是知道了，甚至還有了不實的猜測。

「怎、怎麼說我很色……」

「咦——因為交了男朋友，就會做那種事情吧。」

「沒、沒有……姊姊我還沒……」

嘴裡一面說著，一面感覺到自己的臉越來越滾燙，燙到令人難以置信的地步。光是被挑起想像就會讓我慌亂不已，而我現在——

「唔哇，姊姊妳居然說『還沒』。」

「陸、陸！」

對。這樣聽起來就好像在說我定了一個前提，那就是我總有一天也會那麼做。但即便如此，要說我的前提是不是永遠不可能做那種事情，那也不盡然。我本身一直很怕將這件事情拿出來思考。

「我、我又沒那麼說！」

「唔哇～姊姊真的好色喔——」

「你、你真是的……」

我在學校很少跟人像這樣放開互動，所以一下子就被人比下去。不知道該怎麼辦才好。不過這樣子的互動應該都是男孩子在做的，我沒什麼抵抗力不能怪我。也有可能只是我擅自這樣想吧。

「陸～！你過來一下！」

這時媽媽的聲音從廚房傳來，陸用有點不開心的聲音回答「什麼事情——！」。

心不甘情不願地站起來，然後馬上聽話地走過去，之所以會覺得陸可愛就是因為他有這乖巧的一面。

「啊，姊姊妳也要吃吧？蕎麥麵。」

「嗯。」

「肚子很餓嗎？要不要裝多一點？」

「嗯──一般分量就可以了吧。」

「ＯＫ！」

調皮又很會照顧人的陸一頭鑽進廚房，去幫忙媽媽準備餐點。我也配合他們的步調，開始整理被爐上面的桌面。爸爸他說要做最後衝刺，然後就一直窩在房間裡，他又在工作了，每年都這樣，在過年倒數三十分鐘前應該就會回來加入我們。

現在時間是十一點。差不多真的要過新年了，開始有新的一年即將到來的感覺。

我看完時間後將手機輕輕蓋住放好，換成拿起放在被爐上的《我所不知道的飛翔方式》劇本。一打開就能看見每一個頁面都寫滿密密麻麻的紅字。為了讓人更容易明白我想到的演出方式，我寫了很多筆記，和要跟大家說的東西。如今回想起來，當時那段時光宛如大家在替我實現我的任性要求。那肯定是很值得尊敬的一件事情。

這份劇本就像是那段時光的佐證，對我來說是打從心底寶貝的寶物。

「……啊。」

這時我不經意看見其中一個主要角色艾爾希雅的重要演出橋段。
這裡有寫上紅色的筆記。搭配夏林同學直率的表情，還有日南同學銳氣逼人的演技，我所創作出的故事以令人難以置信的理想形式呈現出來，這其中肯定寄宿了些什麼，已經不單只是故事角色了。
在這個橋段中，我想要注入某些東西。
我慢慢看著劇本的某個部分。

『嗯——也許我並沒有任何喜歡的東西。』
艾爾希雅在說這些話的時候，臉上浮現悲傷的笑容。
那讓克莉絲感到困惑。
『咦？可、可是，妳這麼博學多聞，手又巧什麼都做得出來，還很擅長用魔法不是嗎！這些妳不是都喜歡嗎？』
『不是的。那是因為我繼承了皇家的血脈，而我一定得當女王……所以才會每天都這麼努力。並不是因為我喜歡才去做。』
『雖然只是這樣，還是很厲害！跟妳比起來，我才是一無所長。』
『嗯——』
『我也很想變得跟艾爾希雅一樣喔。』
眼下，艾爾希雅神情扭曲。

『——想變得跟我一樣？』

她一直看著克莉絲。

『克莉絲一定是誤解我了。』

『誤解？』

『我並沒有像克莉絲想得那麼棒。』

『怎麼會呢？』

「我擁有一切。不過——」

接著艾爾希雅面向觀眾席。

「也因為這樣——我一無所有。」

在閱覽的途中，殘留在心中的爪痕似乎開始隱隱作痛，當時演戲的情景重回腦海。

特別是最後兩句話一直在迴盪，那空虛的迴響格外刺人，彷彿真正的艾爾希雅就出現在那——不僅如此，感覺那好像已經不是艾爾希雅了，而是日南同學本身在說那些話。

不，也許這麼說並不正確。

原本就因出演的人是日南同學，才會加入那些臺詞罷了。

「這樣……真的好嗎？」

邊回想一個星期前發生的事情，我獨自一人喃喃自語。
也許那是我干涉太多了，我心中有著這樣的不安。

＊　＊　＊

「風香。」
當時文化祭的慶功宴即將結束。
在這個大阪燒店裡飄散著醬汁的焦香味，還聽得見班上同學談笑的聲音，日南同學過來找我講話。
「……日南同學？」
我有點驚訝。
今天我聊天的對象比平常更多，還想著稍微開始知道該怎麼敞開自己的心房了，但不曉得為什麼，卻覺得當時的日南同學好像怪怪的。
「辛苦了。不論是今天的慶功宴……還有戲劇劇本的安排。」
「那個……妳也是，演出艾爾希雅，辛苦妳了。」
在靠近廁所的通道上，只有我們兩個人。
明明隨時都有說話的機會，卻要在這邊展開對話，讓我覺得日南同學好像故意挑了地方，以便只有我們兩人展開對談。

「嗯，謝謝。那個劇本寫得真的很棒喔。」

她說話的語氣就好像是突然想到一樣，話題流暢地推展開來，卻不免也令人覺得她一開始就是準備好要說這個。

為什麼會有這種感覺，連我自己都不清楚。只是直覺嗎？還是我太主觀，又或者是我心中的艾爾希雅形象間接給我這種感覺？

也有可能是跟友崎同學一起去針對日南同學做採訪時聽說了一些事情，進而衍生出這種推測。

不管理由為何，我個人好像感應到什麼了，只有這點是真的。

「謝謝誇獎。雖然寫劇本真的勞心勞力……但我覺得成品很棒。」

「啊哈哈，那就好。」

在那之後日南同學笑咪咪地望著我。

這是為什麼呢。她的表情坦蕩蕩，照理說並沒有別的意思。但我卻再次對此莫名感到恐懼。

「那對我來說——也非常有趣。」

日南同學並沒有說什麼奇怪的話。可是那句話卻有著像是灰暗洞穴中滴水聲般的響動。帶著一份孤寂，映照出孤獨感。

「謝謝……」

「不過我想問一下。關於艾爾希雅。」

對話繼續延伸，直接將我那段感謝的話語一刀兩斷。日南同學臉上浮現的笑容既明朗、開心又和藹可親，感覺起來卻又像是一個緊緊貼住的外物。

「艾爾希雅是一個內心空洞的女孩子吧？」

「……是的。」

「這樣啊。」

日南同學的目光略為垂下，接著再次看著我。

「為了填補這份空虛，她轉而將心力投注在許多事情上吧？」

「那個……好比參加魔法工藝大賽……學習武術或鑽研學問，像是這些。」

「嗯。」

對話朝意想不到的方向發展，我除了感到驚訝，還開始想日南同學問這些問題的動機。

「她擁有一切，也因此一無所有——是這樣對吧。」

「……對。」

這時日南同學的視線看向斜下方，有那麼一瞬間，她伸出舌頭舔拭嘴脣。

「那個啊，我是用我的方式去詮釋那段演出，風香妳寫那些臺詞有什麼用意，我很好奇。」

她會這麼問的動機，當然有可能只是單純感興趣而已，但我卻覺得不是那樣。因為那個角色形象正是我拿日南同學當藍本塑造的。

拿日南同學當角色原型，創造出比任何人都強大，也因此內心空虛的女孩子。在打造這個角色的形象時，我也有想過那可能會影響到日南同學。

……不，應該這麼說，或許在我心中某處是那樣希望的。

對於她藏在面具底下的表情。

想必——這個女孩子就是替友崎同學心中世界賦予色彩的魔法師吧，我對她的心靈世界很感興趣，所以才會那樣。

「那個——……」

於是我慎重地撿選用詞。一方面也是為了自己，我想要盡可能正確傳達我心目中的艾爾希雅人物像。

「艾爾希雅她……並沒有自己真正喜歡的東西，沒辦法光靠自己來肯定自己。」

替主語加上故事假面具來潤飾，我開口說了那番話。

「因此——她想要找到，能讓她覺得『自己這樣子很好』的證據。」

「證據？」

我接著點點頭，繼續說明。

「舉個例子，其實只要捏造一些事情說那就是證據，並且信以為真，這樣會更輕鬆，但那樣子的艾爾希雅太過強大、聰慧……根據力不夠的捏造事實，無法取信於人。」

「所以才靠著武術和奮發學習凌駕於眾人之上？」

聽到日南同學這麼問，我點點頭。

「……加入這類保證世人都會認可其價值的元素，才能鞏固正確性。」

「這樣啊……原來如此。」

只見日南同學變得面有難色，眼睛從我身上挪開了瞬間。即便我能夠做出推測，背後真正的理由我依然不得而知。

「那關於這些事情……艾爾希雅都沒有自覺嗎？」

雖然有點拿不定主意，但關於這部分我還是有屬於自己的答案。

「我想艾爾希雅自己……一定也注意到了。表面上她看起來都很符合理想，但事實上卻一無所有。所以我想她才會像那樣跟克莉絲自我剖析——說自己其實一無所有。」

「是嗎？」

那讓日南同學恍然大悟地點點頭。

「原來我說的那句臺詞，是那個意思啊。」

「……是的。」

在針對「艾爾希雅」如此說明後，日南同學陷入沉默，微微地點了好幾次頭，過了一會兒才開口。

「艾爾希雅為什麼會變成那樣？沒有任何喜歡的事物，內心變得那麼空洞。」

日南同學這個問題有點難回答。

不知道她怎麼會問出那樣的問題，但難回答的癥結在於，那麼設定的緣由都是出自故事中的想像。

但我還是盡量用自己的話，準確地將答案說給日南同學聽。

「那是因為……一定是因為她出生在皇室家庭。」

「出生在皇室？」

我再一次點點頭。

對——那些充其量都只是憑空想像出來的。

「她一生下來就註定要當公主，所以做些什麼才能獲得青睞、如何行事是錯誤的，那些必定都是由周遭環境來決定。」

假如那個內心空洞的女孩，真的存在於世界上某個角落。

「重點不在於自己想要怎樣，而是如何處事才不會失了皇室體面。這樣的想法已經在她心中根深柢固了。」

處在什麼樣的環境下，會出現什麼樣的心境、什麼樣的價值觀。

「我想艾爾希雅找到的最終目標，一定就只有如何去符合這些框架。」

我認真去想像，針對角色心中最深層的部分投石問路。

「不過在某個節骨眼上，當她無法再相信這樣是對的，那她心中剩下的……就只有虛無。」

這些全部都透過我的世界觀整合連結，再編製成一個故事。

「所以到最後，我就想那會不會催生出一個內心空洞的女孩……」

這就是我想出的，艾爾希雅的「動機」。

當我話說到這邊，日南同學驚訝地眨眨眼睛。

「……真厲害。原來為了這個劇本，妳想得那麼多。」

她說完這句話就若有所思地垂下眼眸，然後再次用強而有力的目光望著我。

「妳說過……有去做採訪吧？」

「這個……是的。」

沒想到她會換成這個話題，讓我驚訝了一下。她說的採訪，應該是我跟友崎同學為了編寫劇本，去找人問日南同學的過往。

「那妳有聽說些什麼嗎？就是……在我周遭發生過的事情。」

被日南同學這麼一問，我想起她妹妹的事情。不過當時並沒有打聽到太具體的消息。是有聽說過她讀小學的時候，跟兩個妹妹很要好，可是上了中學後，其中一個妹妹不見了。

原因是什麼不曉得，頂多只能推測應該有發生過什麼事情。

我不確定自己能夠深入到什麼地步，但還是決定不要隱瞞，老實跟她坦言。

「其實就是、關於妳妹妹的——」

「——妳都聽說了？」

那聲調有種足以撕裂外物的威力。

這時，我是真的嚇到了。

因為我看到日南同學的表情，就跟在演戲的時候，第一次看見飛龍的艾爾希雅一樣銳利。沒有一絲一毫的猶豫，像是要用那股強大的力量將我勒斃。

那對黑色的瞳眸令人窒息，一雙視線貫穿了我的心臟。

「不、不是……只是、根據一些片段、做了推測……」

「片段？」

「那個、就是……去問了妳小學的同學，還有中學時的同學，發現他們提到的妹妹好像對不起來……只是這樣而已。」

「……是嗎？」

「這、這個……對不起……擅自這麼做。」

在我道歉後，日南同學先是面無表情地看著我一陣子，然後那對黑暗的雙眼剎那間晃了一下——

「這件事情，友崎同學也知道？」

「……是的。」

「這樣啊……那我知道了。」

再來她只說了這句話，下一瞬間，日南同學臉上的表情又變得跟平常一樣。

「啊，對不起喔，突然說這個！這次的戲劇真的很棒！真是辛苦了！」

「好、好的……謝謝。」

「那我先走了！」

事情進展到這邊，我心裡依然留有很大的違和感，而日南同學就那麼離開了。

＊　＊　＊

當我回過神，橘子已經從我的指頭上滾落。

「嗯……」

我撿起運氣好剛好掉在橘子皮上面的橘子，沒什麼特別的用意，一直凝望那顆橘子，然後一口吃下。

那時的對話，邊回想，我的心情隨之變得複雜起來。

我在刻劃艾爾希雅這個角色的時候，腦子裡想的是日南同學。把內情跟日南同學說，這樣真的是對的嗎？

還有我涉及了日南同學的私事。去做採訪，這樣真的是對的？

所謂覆水難收，事實上日南同學究竟是怎麼想的，只有她本人知道。

可是一旦涉及了，那我應該也要負起責任。

我已經做好相應的覺悟和準備了嗎？

「姊姊，蕎麥麵煮好了！」

這時陸突然從廚房那邊叫我。我離開空想的世界回歸現實，對他做出回應。

「好——謝謝。」

我來到廚房，跟陸一起各自端著我們兩人的蕎麥麵，把麵端到被爐這邊。溫熱的蕎麥麵上放著鴨肉，飄散出鰹魚高湯的香氣，熱氣冉冉飄升，很有過年的氣氛。

離開自己房間的爸爸也來到客廳，原本在廚房那邊的媽媽也過來了。全家四個人圍繞在被爐旁。

「哎呀，今年發生了很多事情呢。」——這話是爸爸說的。

「是啊，陸當上啦啦隊隊長，風香還替文化祭寫劇本，過得波瀾萬丈呢。」

「爸爸我沒能去參加文化祭。風香，聽說很成功？」

「嗯，我這邊有劇本，要看嗎？」

「喔喔！晚點讓我看看。對了等工作告一段落，那……下個月底應該可以……」

「呵呵，爸爸好像很忙碌呢。」

我們會像這樣度過一段溫馨的時光，那對我來說比什麼都要來得珍貴。

全家人一起吃完蕎麥麵後，再來就是等那一刻到來。

「姊姊，快要過年了——！」

「真的耶，還有二十秒。」

看著電視畫面上越變越少的數字，我開始有想要祈福的感覺了。

今年真的是很棒的一年。所以——

希望明年會是更耀眼的一年。

不，我一定要讓它變成這樣的一年。

還剩下十秒就要跨年了，陸活力十足地配合倒數喊出數字。

「四、三、二、一！」

「新年快樂——！」

說完之後我們四個人啪啪啪地拍拍手，迎接新的一年。每年過年我們都是這樣過的，但今年好像變得比以往更加繽紛。

「……」

就在這個時候，我的手機開始震動。

一看才發現上頭——

『菊池同學，新年快樂！

期待新年參拜的到來。』

我一直在等這個，是來自友崎同學的 LINE 訊息。我緊緊握住手機。

「啊——！姊姊露出色色的笑容！好色喔——」

「就、就跟你說……！」

「好色……!?風香，這是什麼意思!?」

「啊——陸，都跟你說過要對爸爸保密了。」

「保、保密!?風、風香，是、是、是、是有什麼祕密!?」

「這……那個、不是那樣啦……！」

「不、不、不是什麼!?」

「啊——真是的……陸！」

事情就是這個樣子，比往年還要吵鬧一些，可是卻充滿期待和怦然心動的感覺，屬於我的新年才正要開始。

我不經意看向窗外——庭院被屋內的燈光照亮，堆積在那邊的厚重積雪早就已經融化了。

後記

各位久違了。我是銷量達到百萬本的作家屋久悠樹。

本系列從開始到現在經過了幾近四年，出的本數來到值得紀念的第十本。能夠成為像這樣長壽的系列，都多虧各位的支持，身為銷量達到百萬本的作家屋久悠樹，打從心底懷抱滿滿的感激。

此外身為動畫化作家屋久悠樹，今後還想創作出比之前更有趣的故事，總而言之要一直持續充分體現出各個角色的魅力，我認為那是每一集平均賣出十萬本的作家屋久悠樹應盡使命。

事情就是這個樣子，感謝各位！友崎同學系列累積銷量突破百萬本！

而且值得慶賀的消息不只這個。

這一集的特別版還附上本系列第一張廣播劇CD，五月深實實當主角的外傳漫畫即將展開。同時正式決定要動畫化，正緊鑼密鼓製作以便播出。當然本篇的漫畫化也有在進行，想要看哪一種任君挑選。能夠有這麼多元的發展實在令人感激萬分，我對此有著深深的感慨。（註：以上為日本資訊）

而手邊有這麼多案子，當然我就變得非常忙碌。不是只要寫故事就可以了，在

「創造故事」這個基礎下，還要插手廣播劇劇本、漫畫原作劇情編寫、劇本會議等等，必須針對各種業務巧妙劃分安排。那就等同從同一個主幹平行延伸出不同的分支，從某方面來說跟這集第一張彩繪插頁——日南三姊妹頭髮上的「在黑髮範圍內進行細緻分區塗畫」很類似吧。

我感覺到看官們用一種「又來了」的目光看我，但請你們聽我說。這裡特別強調的是她們當時還是小學生——換句話說，在設定上，著眼點在於三個人都是「黑髮」。說到這個黑色，基本上就是能夠吸收所有色彩的無彩度顏色。照理說很難營造出色彩上的差異。

不過在這次彩頁中塗上的色彩又是怎樣呢？有像是茶褐色的黑色、帶點藍光的黑色，以及混合了粉紅色的黑色。鮮豔到不覺得那些是一樣的「黑色」，但再怎麼說都還屬於我們認知的「黑色」範疇，在這範圍內透過華麗手法塗出不一樣的感覺。

如此華麗的分色方式——那令人驚豔的品味，輕而易舉克服「姊妹」這個設定容易遇上的問題，不曉得各位是否能體驗到其中的奧妙。

姊妹之間是有血緣關係的。當然這不一定會使得長相都很相似，在插畫表現上，往往都會把姊妹們畫得有相似之處。這次日南三姊妹也不例外，年齡上有差距導致出現些許差異，可是在長相和髮型這些重要特點上，都把她們畫得很相像。尤其是瀏海的分邊方式和眼睛顏色，這些全都一樣，諸如此類的特點都格外顯著吧。

因為是姊妹，特徵上當然會很相近。

原本在髮色上應該也大同小異。

按照現實情況考量，三個人有血緣關係，所以頭髮顏色都是「黑色」。在日南她們生活的紙上世界，照理說這三個人的髮色應該要一模一樣。

不過，各位覺得如何啊。Fly 老師在這呈現出華麗的悖論。

沒錯。在那三人生活的世界中原是「相同的黑」。一旦來到我們的世界實體化——就透過色彩魔法，改以「看似相同實則相異的黑色」呈現出來。

特別值得著墨的地方不只這個。若是問大家在這三個人之中，哪個人是葵，大家會怎麼看？……這就對了。不知道為什麼，就是能夠答得出來。

當然在本篇故事中有說到葵是長女，所以能夠透過身高來辨別吧。那麼，假如我們不知道這點。

——對，就算是這樣好了，不知為何還是能回答得出來。

想必大家已經知道理由是什麼了。因為在我們的腦子裡頭，日南葵的「混雜了粉紅色的黑色」這種突兀處已經直接讓我們記住了。

這就是把兩個毫無交集的世界，透過色彩連結的技巧。是掌控黑色創造出的奇蹟。

哪怕只能讓各位稍微體認到這個構思，我就很幸福了。

還有——這次罕見地想要針對其中一個短篇故事，安插上一個註腳。

在這個弱角友崎同學系列中，沒有明講現在是「西元幾年」，故事在這種狀態下進行。

隨著出版腳步推進，一點一滴加入變化的時代軌跡，常常加入一些當代的片段要素，描繪出一種虛構的「當下」。不過在此次短篇故事〈大家一起唱的歌〉之中，透過他們在唱的歌曲或舉動、對話等等，包含了一些能夠大致判別年代的要素。這算是某種留下可推測線索的故事，當這本書出書的時候，身為高中二年級的他們在唱這些歌，那麼——就像是這樣，若是大家能把這個故事當成與當代共進的故事，那是我的榮幸。到了明年，他們也會一樣在尾牙上唱著不同的歌吧。

那麼接下來將要鳴謝。

給負責插畫工作的 **Fly** 老師。請對岩淺送過去的馬卡龍存疑。我認為裡頭加了毒藥，會讓你變成想要無限畫插畫的體質。我是你的粉絲。

給責任編輯岩淺。哎呀這次也有趕上截稿日呢（笑）。我下一集也會努力。

給各位讀者。接二連三出現的新轉折應該會讓大家大吃一驚，不過今後我還會進一步推展，還請各位繼續多多支持。感謝你們一直以來的聲援。

最後要說一下，從下一頁開始收錄了特別放送，是這一集特別版附贈廣播劇CD的故事重新編寫成小說。也請各位務必享用一下。

那麼希望下一集還有機會跟各位見面。

屋久悠樹

弱角友崎同學

The Low Tier Character

"TOMOZAKI-kun";

特別放送
「勇者友崎的冒險
ＶＲ體驗版」

某天。

我待在自己的房間裡，從箱子裡拿出尺寸大約是兩手能夠掌握的機械，同時感動地發抖。

「這就是最新型的ＶＲ頭戴式裝置……比想像中還輕呢……好棒……超有未來感……」

我手上拿著的機械像是巨型防風鏡，這是用來玩虛擬實境的頭戴式裝置。水澤參加封閉測試之類的抽選時好像入選了，我們約好今天要用這個，跟那些老班底一起玩線上遊戲。最重要的是能夠玩到這個最新型虛擬實境遊戲，讓我好興奮。

「好像是說大家要在下午五點的時候連線吧……那不就已經超過兩分鐘了嗎！糟糕！……是、是不是把這個戴到頭上，按下按鈕就行了？」

我在房間裡一個人自言自語，同時把頭戴式裝置戴到頭上，找到位在側面的按鈕，然後按住一陣子。

緊接著耳朵附近的播送器就傳出很有未來感的響聲。

「唔喔喔!?」

在一段像是穿過光之門的影片播送後，眼前出現一片像是外國客廳的虛擬空間。動動頭就好像眼前真的有那個世界一樣，視野會跟著精準轉動，畫質也很精細，不像是風鏡型顯示器會有的，感覺好像某種超古代文明遺物。這玩意兒是怎麼一回事。

對於超乎想像的最新科技感到驚訝的我，這時突然聽到日南的聲音。

「……有人在嗎？」

「你、你好……？」

當我怯怯地回應，接著就連深實實的聲音也傳進耳中。

「喔喔！聽聲音是軍師吧!?總算來了嗎！」

「對、對啊抱歉。是深實實？」

陸陸續續有聲音傳來害我嚇一跳，我不忘回他們話。眼前這片空間在設定上好像是屬於自己的房間，上面並沒有顯示出其他人。嗯，是想做成像電話那樣，或是精神感應吧。

「文也你好慢喔。不是說很會玩電玩嗎？」

緊接而來的是水澤的聲音。就算是透過頭戴式裝置傳過來，還是能清楚聽出他的說話語氣顯得游刃有餘，還真是頭號強角。

「不、不是啦，這是我第一次玩ＶＲ……其實是裝置太炫了讓我好感動，結果就遲到。」

我老實認了。

「真是的，友崎同學就是這點不好。」

日南這話感覺就是故意在調侃我。那種話有點像是面具底下的她會講的，除了讓我不服氣，我還是強壓下那股不爽的感覺，道歉說「抱、抱歉」。這傢伙，雖然我現在無計可施，但晚點要妳好看。

這時又聽見泉的聲音。

「啊哈哈，這應該就是所謂的太喜歡電玩適得其反吧。」

「喔，泉也已經來了啊？還以為妳會花很多時間在連線上……」

「怎麼說這種話！很可惜，我叫媽媽幫我弄好了～」

「說這種話有什麼好得意的啊？」

我開始習慣透過頭戴式裝置對話，這下馬上抓準時機吐槽。

成員們就這樣陸陸續續集結，日南重新掌控主導權。

「我是日南葵。有人準備好了嗎？」

「好了——！我是竹井！都準備好了！」

「我、我想想⁉我是泉優鈴！都聽見了！」

「哈哈哈。不用那麼投入沒關係啦，優鈴。」

「是、是這樣嗎？阿弘⁉」

「我也準備好了。隨時都能出發。」

大家紛紛說他們都準備完畢，就在這時又有一道聽起來不安的聲音傳入耳裡。

「嗯——……聽得見嗎？」

「我聽見小玉可愛的聲音喔！」

「不用說感想啦！」

聲音主人小玉玉就像平常那樣犀利吐槽，深實實聽了發出滿足的笑聲。

「話說這個像頭盔的東西好厲害呀！大家的家離那麼遠還能互動喔！」

「不，這靠電話也能辦到吧。」

竹井說出有點離題的話，我再次用力給他吐槽下去。

「竹井真不愧是竹井……那麼大家是不是都準備好了？」

聽到水澤的聲音，深實實跟我隨之呼應。

「當然了！我是第一次玩ＶＲ，很期待呢～！而且這還是最新型的吧⁉」

「好像是開發到一半的遊戲顯示器對不對？居然能夠抽中啊？」

「對，都怪我是個太吃得開的男人。」

「好煩！阿弘好煩！」

那讓泉笑著數落水澤。

「不過這是不是可以讓我們進到電玩遊戲裡頭？感覺超期待的——！」

「聽說使用的是最新技術。我好像也有點期待。」

「而且還是劍與魔法的角色扮演世界對吧？超興奮的啊！」

聽竹井和日南聊得那麼開心，小玉玉跟著笑了。

「啊哈哈，竹井好像很喜歡這種的。」

「我超喜歡的！」

那熱鬧的氛圍令我不禁苦笑，同時還把心中的疑問道出口。

「哎呀——話說這很有未來感呢。是不是還會對大腦進行干涉？」
「聽、聽你那麼說好像有點恐怖……？」
泉的話才剛說完，這時又有新的連線通知聲響起。
耳機那邊傳來宛如夢幻妖精般的美麗女性嗓音。
「有、有人在嗎……！」
「喔喔！聽這聲音是超可愛的風香！一直在等妳呢～！」
深實實說出誇張的話歡迎來人。日南也用溫和的語氣打招呼說「請多指教」。
「是、是的！請多多指教！對不起，遲到了……」
「不會沒關係！是不是花很多時間在連線上？」
聽到日南這麼問，菊池同學帶著歉意開口。
「那個，我知道怎麼連線……只是找不到合適的時機加入對話……」
她話一說完，水澤和日南就在旁邊幫腔。
「哈哈哈，這也是沒辦法的事情。」
「嗯嗯，不能怪妳。」
「跟對待我的態度也差太多了？」
剛才遲到的事情才剛被人怪罪，我再度發動吐槽。我這次是不是一直在吐槽啊？
「話說修二真是的～連風香都參加了，他若是能一起來玩該有多好。」

聽到泉語帶惋惜這麼說，水澤「哈哈哈」地笑著接話。

「那傢伙說家裡沒有Wi-Fi，這也不能怪他吧。畢竟這遊戲就是個線上遊戲。」

「沒有Wi-Fi太扯了！行動數據一下子就會用完吧！」

「反正修二都只有在看社群軟體……好了……大家都到齊了吧？」

水澤出面確認，日南則像是在點名一樣。

「我看看——有我、優鈴、小玉玉跟風香還有深實實對吧？以及孝弘、竹井跟友崎同學……嗯，大家都到了。」

「ＯＫ——那我們可以開始了吧。」

水澤出來主持大局。

「對啊！」泉跟著回應。

「來吧——！」

「請、請多多指教！」

緊接著我眼前就出現選項。上面顯示出「遊戲開始」、「設定」之類的選單。

「好——……那現在就是——按下遊戲開始……咦，唔喔喔喔喔!?」

才剛選完——眼前就被一片光芒形成的漩渦包圍。

＊　＊　＊

「唔、唔——嗯……好痛……這裡是……」

我恢復意識後發現自己站在有一大片草原的平原上。有風吹過來，那些草隨風搖動。這些電腦動畫精細度之高令人不覺得是在玩電玩，若是想動身體，幾乎是在無意識的狀態下，我本人在遊戲內的電腦動畫也會跟著活動。這原理是什麼啊。

「來到空無一物的草原啊……」

說時遲那時快。背後傳來像是有東西傳送過來的奇妙聲響，接著我就聽到「咚」的一聲，彷彿是某種東西落下的聲音。為之驚訝的我轉頭看向那邊。

「嗯？」

結果就看到用屁股著地的深實實出現在那邊，她邊摸著屁股邊站起來。

「痛死了～！這、這裡是……？咦，軍師!?」

「喔喔，原來是深實實……話說妳怎麼會打扮成那樣？」

「咦？」

我定睛一看才看到深實實穿著短短的小熱褲，搭配像是抹胸形式的上衣，脖子上捲著紫色的披風。手上戴著長度來到手肘的手套，腰上皮帶還掛著一個小小的皮囊。腳跟肚子都露出來了，看起來真的——很健康。嗯。我邊看別的地方邊開口。

「感覺妳的打扮好像女盜賊。」

深實實確認完自己的裝扮後，對此感到訝異。

「咦……真的、真的耶!?腿那邊露出好多!?」

「頭上還戴著像是頭巾的東西……之前有說這是要玩角色扮演遊戲吧？」

「好像是。」

「那照這樣看來，妳的職業應該就是Thief。」

「……Thief?」

「這個嘛，感覺上就像是所謂的盜賊吧。」

我在說這話的時候也想到一件事情，便來確認自己的打扮。盔甲和單手劍、盾牌等等的映入眼簾，那些都是角色扮演遊戲中的經典裝備。

「我……身上穿著盔甲，是戰士？」

「應該說你看起來更像勇者。」

「真、真的喔？我抽到主角了？」

「啊哈哈，軍師的運氣果然很好！」

深實實說著就用力拍我的肩膀。

「不，還不曉得這算運氣好還是運氣差……」

「不過這個遊戲好厲害！居然連外表都變得這麼徹底！未免太真實了吧!?」

後來我們兩個人分別看看周遭，放眼望去只有一大片綠意。

「……不過這裡是哪裡呀?草原？」

「啊——應該是冒險起點的草原吧。好像……沒有其他人在？」

「對耶，也就是說從這裡開始玩的，只有我們兩個人？」

「好像是……咦，嗯？」

就在這時，好像有草在動的沙沙聲。我順著望去，也不曉得是打哪來的，出現一隻有黏性的藍色怪物，就在我們眼前跳來跳去，還對著我們發出很有敵意的叫聲。

「呸嘰——！呸嘰——！」

「唔哇⁉好像有怪物過來了！黏黏軟軟好噁心！」

「不覺得那聲音跟竹井很像嗎……？」

那聲音的確很像竹井的聲音經過變音，其實幾乎已經跟竹井沒兩樣了。

「你看，這是什麼啊！」

「在遊戲一開始會出現的藍色黏糊怪物……這麼看來，應該就是史萊姆。」

「軍師你好冷靜⁉」

「對啊，其實遊戲流程幾乎都是這樣。這次是訓練模式下的戰鬥吧。我們應該不會輸掉，輕鬆應對就行了。」

「說那種話未免太掃興⁉」

「怎麼這麼說。直接用這種現實的方式破梗也是一大樂趣，那樣才算跟得上時代的遊戲玩家。」

「我不是很懂，但原來是這樣⁉」

我對電玩遊戲很內行，如魚得水地做了滔滔不絕的解說。深實實似乎只對我的話一知半解，但她還是壓低身體備戰，似乎在想「反正就先準備跟眼前的怪物戰鬥就對了」。她很有戰鬥天分。

「呸嘰——！」

「要、要來了！」

「好，那我們上吧。」

緊接著第一場戰鬥開始，我的腦子裡自動播放很熱血的戰鬥背景音樂。

「話說……這是要怎麼戰鬥啊？按鈕之類的……好像沒看到。」

「雖然說是練習模式，但好像沒有人出來負責解說？」

話才剛說到這邊。我的肩口那邊就傳來溫柔婉約又夢幻的聲音。

「……友崎同學！七海同學！」

被叫到名字的深實實歪著頭回答「嗯？」。

「聲音是從哪邊傳來的？」

「在這邊！」

「這邊？」

為了找出如此崇高的聲音是來自何人，我也跟著東張西望起來。

「在友崎同學的肩膀這邊！」

「肩膀……咦，唔哇!?」

我跟深實實同時發現了那樣東西，還發出呼喊。

那裡有著身穿白衣還長著翅膀的迷你菊池同學在飛翔。

「是跟菊池同學……長得一樣的妖精!?」

「那個……你們好。」

面對跟我們打招呼的妖精，我跟深實實也和她回禮。

「妳、妳好。」

「妳好！」

「那個……我的名字叫做芙嘉。是協助你們進行冒險的妖精……好像是這個樣子。」

菊池同學用客氣的語調說完這些，並在我們身旁輕柔地飛來飛去。光只是看到這樣的景象，我就不由得心懷感恩。

「原、原來還有這樣的……」

「話說這是什麼啊，超可愛的！比小玉還迷你！好可愛喔！」

「啊、那個，我並沒有很可愛……」

「跟手掌一樣大耶！糟糕！太適合了！軍師，我從今天開始要變成風香的粉絲！」

「喔、喔喔，這樣喔。」

「那、那個……？謝謝……支持？」

深實實很興奮，害我們兩人真不知該做何反應。當我們在這邊胡搞瞎搞時，旁邊傳來竹井的聲音。

「呸嘰——！呸呸嘰——！」

「竹井……不對，是史萊姆在生氣了！」

「一定是因為我們不讓他加入、太寂寞的關係！」

菊池同學語帶憐憫地開口，結果史萊姆一副很認同的樣子，在那邊跳來跳去。

「我也想加入你們!?呸嘰——！」

「竟然像平常那樣講話了！」

「原來竹井要負責扮演怪物啊……」深實實為此感到困惑。

看著這個可憐的竹井，我開始針對這個遊戲想了又想。

「原來如此，進來以後不一定會變成冒險者人類角色。」

「我也是無預警變成妖精，想必竹井同學也是那樣吧。」

「話說變成史萊姆也太悲慘。」

我這話是帶著苦笑說的。

「該、該怎麼辦？雖然是怪物，但那可是竹井啊!?」

這時深實實著急地插嘴，而菊池同學則是用淡然的語氣接話。

「這個嘛……我們這次就狠下心打倒他吧！」

「竟然這麼好戰!?搞不好可以把它收來當夥伴啊！」

那讓深實實錯愕大喊。話說我也嚇了一跳。

「不過……雖然已經是最弱的怪物史萊姆了，但他畢竟是竹井。」

「這話我可不能當作沒聽到!?」

「根本開始用一般的方式講話了!?」

這波濤洶湧的劇情發展令深實實一度反應不過來。即便她是對任何事物接受度都很高的深實實，遇到這樣的遊戲似乎還是沒有招架之力。

「看招——！」

緊接著說話聲音像竹井的史萊姆，用盡全身力量死命衝撞我。竹井我饒不了你。

「咕啊！」

「軍師——！」

「你、你沒事吧!?」

我一面後退，一面撫摸剛才被撞到的地方。不過……這種感覺是什麼。

「沒、沒事。不會覺得痛……但頭好像變得重重的……」

「頭部有沉重感？」

「這……那一定就是HP？是HP變少了！」

「也就是說HP減少會用這種感覺呈現是吧。」

「HP……」

「這遊戲做得好到位！」

「呸嘰——————！」

我們還在那邊研究，竹井史萊姆的身體就突然間膨脹，還發出很大的叫聲。吵死了。

「哇——！竹井又因為被排擠生氣了！」

「呸嘰呸嘰呸嘰呸嘰呸嘰！」

接著他發動超高速彈跳，對我們發動好幾回連續攻擊。真的好吵。

「他好像發動了四次連續攻擊!?」

「是爆裂殺!?」

「竹井史萊姆意外的很強!?」

「真的假的，是等級很高的史萊姆嗎……？」

我跟深實實後退好幾步，竹井史萊姆一跳一跳地朝著我們逼近。

「……那不是什麼爆裂殺，只是速度很快的四次攻擊啦！」

「還真是四肢發達頭腦簡單……」

我放鬆下來。然而菊池同學沒有大意，她依舊繃緊神經。

「不過這還是一樣難對付。兩位，這樣下去會輸掉的！」

「唔，身為一個遊戲玩家，萬萬不能輸給史萊姆……」

「身為一個人類，說什麼都絕對不能輸給竹井……」

史萊姆對深實實的話起反應，身體好像在沸騰了，出現嗶嗶啵啵的冒泡現象。

「呸嘰————————！」

「七海同學，最好不要繼續刺激竹井同學！」

在那之後伴隨著「咻咻咻」的聲響，開始有光朝著史萊姆的身體聚集。這是什麼東西。

「唔哇!?他好像開始在集氣準備要放某種可怕的招式！」

「這是史萊姆能夠使用的強大咒術……假如我推斷得沒錯，這將是最強的咒語！」

「最強的咒語!?要在練習模式的戰鬥中用那招!?」

「這下糟了！要趁他在集氣的時候除掉他！」

雖然一臉著急的菊池同學那麼說，深實實還是不曉得該如何是好，眼神飄來飄去。

「但是到底該怎麼做啊!?」

「七海同學可以用腰上的小刀！友崎同學就用背上那把劍吧！」

我照著菊池同學的話做，拔出背後那把單手劍。

「是這個嗎！我、我知道了！」

「現在他應該沒辦法抵抗！」

「呸嘰!?呸嘰……呸嘰……」

大概是知道自己大難臨頭了，史萊姆表現出來的聲調也變了。

「他、他好像在示弱……」

「呸嘰……呸嘰……好可怕……」

看到這樣的竹井，深實實臉上神情多了些許憐憫色彩。

「我、我覺得，這樣做很有罪惡感……」

「說、說得對。」

然而我已經很習慣玩電玩遊戲了，相較之下比較冷靜。

「雖然是那樣……剛才一直對我們發動攻擊的人可是竹井。」

「這、這倒也是……」

「……抱歉！這也是為了世界和平！我來動手！喝啊！」

我說完這話就用手裡那把劍將史萊姆砍爆。

「呸、呸嘰……」

在發出叫聲的同時，史萊姆也消滅了。抱歉竹井。

「竹井消失了……」

深實實看上去充滿歉疚，她小聲呢喃。

「這、這樣沒關係的……應該吧。」

「這種讓人心裡一點都不舒坦的戰鬥結束方式是怎樣……」

我邊皺著眉頭邊答腔。為何我還必須對竹井抱持這樣的情感……

就在這個時候。

「呀！」

「唔喔喔!?」

深實實跟我同時出聲嚷嚷。

「你、你們怎麼了？」

「剛、剛才好像……」我小心翼翼地看著自己的身體。

「身體好像有種癢癢的感覺……」

「啊，這個是……請你們稍待片刻。嘿！」

只見菊池同學雙手伸向前方，很努力地默念，然後就看到一本跟她身體大小相呼應的書出現。

「好像有東西跑出來了!?」

「那本迷你書是什麼？」

「細則手冊……這樣稱呼應該對吧。上面好像記載了各式各樣的詳細設定。」

嘴裡一面說著，菊池同學努力用雙手翻閱那本浮在半空中的書。好崇高。

「……啊，我知道了。這是等級提升的現象！」

聽到菊池同學說的那番話，我便拿來跟其他的遊戲對照，左思右想。

「剛才那種癢癢的感覺就是？」

「是的，還有只要在心中默念，就能夠叫出選單畫面……好像能夠在那邊確認。」

「在心中默念……？是這樣嗎？喝——！」

這動作一做完，深實實手邊就出現藍色的板狀物。

「哇！跑出一個像觸控面板的東西！」

我們三個人一起看那樣東西。上面記載了道具、狀態欄、遊戲紀錄選項、遊戲設定等等的文字。這麼說來——

「……這應該是角色扮演遊戲的選單畫面吧。像是狀態欄或是道具欄，可以看很多數據的樣子。」

「還可以看地圖呢！」

「真的呢。那個，根據細則手冊指出……看來其他玩家也會在這個世界的某個角落扮演某種角色來行動。你們兩人是勇者和盜賊，我是負責解說的妖精，竹井同學似乎就屬於其他類型的。」

「其他類型……」

我用一種像是在哀悼的語氣複誦。但要說這跟誰很搭，那我又會聯想到竹井。

「那總而言之，我們先去跟大家會合吧！」

「啊，一開始的目的設定成這個確實不錯。那我們就去位在這個地圖上的鄰近港口吧。」

「說得對，就那麼做吧！」

「那好——！我們走吧！」

「好！」

我們三個人達成共識，異口同聲答好。緊接著深實實就看地圖打頭陣。

「那麼各位，跟我來——！」

「……不對，深實實妳走反了。」

「咦？」

不過深實實來到遊戲裡面依然是路痴。

＊　＊　＊

後來我們就看著地圖前進，抵達目的地。

「雖然來到城鎮這邊了……但感覺好安靜喔。」

「這個城鎮好整潔。」

我們幾個朝著附近張望。那裡有許多相同形狀的建築比鄰而建，是一個寧靜的城鎮。想到電玩遊戲都會有某些既定發展，我便觀察這座城鎮。目前看起來似乎沒什麼異狀。

「對耶，雖然沒有太多裝飾，卻連一個垃圾都沒有。」

「那就是說這個城鎮的治安很好？小玉——！妳在嗎——！」

「在這麼安靜的城鎮裡，聲音聽起來特別響亮……」

在我們吵鬧了一陣子後，從其中一條小巷子走出一位男子。

「啊，好像有人出來了。」

「你好──！」

結果那名男子順暢地開口。

「嗨！歡迎來到休貝爾克小鎮！」

那聲音和風貌，很像某個我們熟悉的男人……是說。

「咦？水澤？」

被我這麼一問，男人疑惑地歪頭。可是他看起來的樣子就跟原本一樣。

「水澤？怎麼會說出這種東洋風味的名字。我是這個城鎮的鎮長貝爾！」

「外表跟聲音完全都是孝弘。」

「你是水澤同學吧。」

「真是的。只是碰巧跟別人長得很像吧。深實實，拜託妳別這樣。」

「你連名字都叫對了啊！」

「水澤好像很投入。」

「好啦好啦，先別管那些，你們聽我說。」

「喔、喔喔。」

水澤也就是貝爾出面控場，這才讓我心不甘情不願地點頭照辦。深實實則是話鋒一轉，對貝爾提出疑問。

「那──既然這樣……你想說什麼？」

「先讓我再次歡迎你們來到修貝爾克小鎮！我們的城鎮很歡迎冒險者蒞臨！你們別見外好好休息！」

「聽起來好像在唸臺詞……但他說歡迎我們！」

深實實聽到這句話很開心。

「反正我們也沒地方好住，也許這樣正好。」

「說得也是。那樣能夠從戰鬥的疲勞中恢復。」

「對吧？」

「那好——！就麻煩你們了！」

我們決定對貝爾的話恭敬不如從命，這就來叨擾一下。

「那麼，你們可以走這邊。文也和菊池同學走路時小心腳下。」

「果然完完全全就是水澤。」

「你根本就是水澤同學吧。」

＊　＊　＊

「那麼，這裡可以讓你們自由使用。」

我們跟著貝爾也就是水澤走著走著，來到旅館內的大房間。我很驚訝，把整個房間看了一圈。

「這裡好大，還有六張床鋪……對了，水澤……」

「記得叫我貝爾先生。」

「呃——那貝爾先生，我們才三個人……應該是兩人和一隻妖精？住這麼大的地方太浪費了。我們又沒有錢……」

「哈哈，這點小事不用在意。我們這座城鎮就是這樣招待人的。用不著擔心，好好休息吧。」

「可、可是這樣很不好意思……」

我話才說到這邊，旁邊就傳來非常雀躍的聲音。

「軍師——！這個床鋪好柔軟喔——！耶——！」

「友崎同學，還有準備符合我尺寸的床鋪！躺起來好溫暖……！」

沒把我的客氣當一回事，那兩個人已經愛上這些床鋪了。喂。

「……沒什麼。謝謝款待。」

「哈哈哈！別客氣。」

當我們的對話告一段落時，有人來敲房間的門。

「哦，餐點好像來了。」

貝爾那句話讓我嚇了一跳。

「咦，連餐點都有提供!?」

菊池同學和深實實也從床上跳下來，跟貝爾道謝。

「謝、謝謝你！」

「真不愧是孝弘，是貝爾。那你們慢慢享用。」

「我不是孝弘，是貝爾。那你們慢慢享用。」

在貝爾說完這句話後，他就跟端過來的飯菜錯身而過，離開了這個房間。從一開始到最後完完全全都是水澤。

「水澤他，感覺演得活靈活現。」

「他好像很樂在其中。」

「嗯——！飯菜看起來超豪華的！有牛排和沙拉，連湯都有！」

「真的耶！若是吃了……會怎麼樣？虛擬實境裡頭可以嘗到味道嗎？」

「這就不曉得了……啊！還有方便我食用的尺寸！」

「這遊戲做得還真用心……我們趕快吃吃看吧！」

「就是啊！來吃吧！那我要開動了——」

「「我要開動了——」」

於是我們就大快朵頤地吃起替我們準備的飯菜。

「這個……很好吃，應該是說……」

「好像有種……舒服的感覺。」

「嗯，會覺得心情愉悅……跟剛剛提升等級的感覺很像。」

「啊，就是那個。」

「是這樣嗎？」

我點點頭。

「嗯，感覺應該跟那個很類似……等級提升和恢復之類的，這些正面效果可能全部統一都是這種感覺。」

「原來如此！很有虛擬實境遊戲的氛圍！」

「吃了東西會覺得心情高昂……真不可思議。」

也不曉得這系統是怎麼設計的，反正我變得很雀躍。

「對啊，這遊戲好厲害……不曉得接下來會碰到什麼。」

「啊哈哈，屬於遊戲玩家的熱血在沸騰了？」

「搞不好喔。好想趕快做多方面的嘗試，都迫不及待了。」

「那吃完就來睡覺吧，才好應付明天的到來。」

「這樣應該就能恢復體力吧？了解——！」

在為睡覺做準備的時候，我想到一件事情。

「不過要睡覺啊……不曉得時間流逝會怎麼處理？」

「啊，那個……根據細則手冊，所有隊伍成員一起鑽進被窩閉上眼睛幾秒鐘後，早晨就會到來，體力似乎能夠全部恢復。」

「啊哈哈，那好有角色扮演遊戲的感覺。」

「咦——！我好想在這個鬆軟的被窩中好好睡上一覺——！」

「不不！那樣難得的冒險機會就浪費掉了吧！」

「呵呵，友崎同學好像很樂在其中。」

就這樣，我們三個人在替我們準備的柔軟床鋪上睡了一覺。

＊　＊　＊

時間來到早上。

「早安——！」

「哎呀變得好有精神呢。妳不是想要好好睡覺嗎？」

「總覺得體力恢復後，渾身都變得很暢快？」

「啊，不過我能理解。明明就只是閉上眼睛一下下，卻有種涼快的感覺，覺得身體變得好清爽。」

「好吧這感覺我懂……有這種感覺就算恢復完成，是這樣嗎？」

「或許吧！那接下來——！要繼續冒險——！」

「呵呵，七海同學也變得很有精神呢。」

我們的體力恢復了，要前往下一個目的地——原本該是這樣。

「可是……也不知道大家都在哪，而且這次冒險的最終目的都還沒有定論。」

想到這邊，我突然間沒了方向。

「根據細則手冊……大致上看來目標好像是要拯救被魔王支配的世界。」

「這部分的設定倒是很老套……」

「這是體驗版，好像省略了不少東西……」

「反正把那個魔王打倒就行了吧！好──！就交給本人七海深奈實吧──！我們上──！」

看到深實實這就打算衝出房間，我趕緊制止她。

「等等，雖然是體驗版，但不管怎麼看等級都不夠，而且我們這個隊伍也太弱了。」

「咦？是喔？」

「起碼要先找到會用攻擊魔法和恢復魔法的夥伴……」

「軍師你不會用嗎？剛才看那個狀態欄？之類的，你好像還有ＭＰ。這應該是魔法能量吧？」

「我是勇者……所以應該是能使用，但是技能等級不高……還是要找到專家會比較好。」

「那這麼說來，果然還是要先把大家找出來對吧？」

「對。總之我們就先從這邊開始做吧。」

「明白！」

＊　＊　＊

我們離開旅館後，貝爾也就是水澤過來替我們送行。

「真是個美好的早晨。那麼各位，預祝你們武運昌隆。」

貝爾只說了這麼一句話就回到建築物裡。我們連一毛錢都沒付。

「……還真的全部都免錢呢。」

深實實在說這話的時候有點內疚。

「對啊……」

「雖然他說歡迎冒險者，但為什麼要做到這種地步呢？」

我也有一樣的想法，但卻一時間想不到答案。唔嗯。

「畢竟他是孝弘，總覺得有內情。他還很貼心地連大家的武器防具和回復道具都準備好了，而且還告訴我們下一個城鎮在哪。」

「那應該不是水澤個人要那麼做的吧……單純只是因為這是體驗版，而我們又來到第一座城鎮，就當作是練習模式處理，這樣難度比較不會那麼高？」

「也就是──遊戲中會有的方便安排？」

「嗯，不過做到這麼體貼的程度，除了遊戲常常會有的，為了方便玩家的安排外，可能還設定了對冒險者特別優待的某種理由吧。」

我動用之前所有玩過電玩遊戲的經驗，尋找可能的解答。

「嗯——可是城鎮感覺好安靜，在這邊居住的人們也都笑臉迎人……感覺不像有什麼問題。」

「說得也對……」

「既然這樣……這是怎麼一回事呢？」

「……我能想到的就是。」

就在這個時候，我心中浮現一個想法。深實實「嗯？」了一聲並看向我這邊。

「除了讓我們住宿還給裝備和道具，這樣我們就不用到武器店也不用到道具店。甚至連下一座城鎮在哪邊都告訴我們，那我們也不用跟城鎮上的人打聽情報……換句話說，這就表示——」

「啊，原來。」

當我話說到這邊，菊池同學似乎也自行找出解答了。

「咦，怎麼了究竟是怎樣!?」

「反過來想……水澤、應該說是貝爾，也許不希望我們跟他以外的城鎮居民接觸。」

「……嗯嗯——？」

面對一頭霧水的深實實，菊池同學繼續補充。

「也就是說……是為了避免我們接觸到這個城鎮上不為人知的一面……是這麼一回事吧。」

看到我點頭，深實實也恍然大悟。

「啊，原來如此。既然都得到道具和情報了，那就不用跟其他人說話，馬上可以到下一座城鎮去。」

「……換句話說，只要調查這座城鎮，或許能知道些什麼。」

聽到我那麼說，深實實的表情突然間亮了起來。

「搞不好還能打聽到跟其他玩家有關的情報!?」

「或許也有這個可能性。」

緊接著菊池同學也露出有幹勁的笑容。

「那麼……就先不要去下一座城鎮，我們來調查一下吧。」

「也對，先這樣試試看好了。」

於是我們開始深入這座城鎮。

＊　＊　＊

稍微探索了一陣子後，我們看到有鎮上居民在走動。

「那個——不好意思——」

「嗨，有什麼事？」

當我跟那個人說話，語調輕浮的鎮民就如此回應。

「……這個人該不會也是竹井。」

看到我喃喃自語，那位鎮上居民不解地歪頭。

「竹井？在說什麼呢？」

「聲音聽起來不一樣。」

「表示也有一般的ＮＰＣ在是嗎？」

「ＮＰＣ……」

我跟菊池同學正好聊到這些，就發現那位鎮上居民擺出非常嫌惡的表情，從旁插嘴。

「拜託不要把我跟竹井相提並論。」

「啊，這個人應該是水澤吧。」

我當下立刻靈光一閃。深實實也同意我的看法。

「他又演得很開心了。」

「既然是水澤，那這傢伙看起來應該是敵人。」

「你們這樣對待水澤同學……」

把我們這段對話當成耳邊風，那位鎮上居民跟我們三個人搭話。

「你們幾個是冒險者嗎？」

「這個嘛——是那樣沒錯。孝弘……說錯應該是這位大哥，常常有冒險者過來這座城鎮嗎？」

被深實實這麼一問，那位鎮上居民就像在唸臺詞般流暢地唸出這段話。

「應該吧。差不多一個禮拜會來一次的樣子。不過貝爾大人都會出面招待他們，所以他們馬上就會到下一座城鎮去。」

「果然是那樣。」這下我就懂了。

「對。因為那麼做，行程表才不會亂掉。」

聽到這陌生的字眼，菊池同學有了反應。

「行程表？」

「咦？你們大家不曉得嗎？原來如此，所以才會眼裡寫滿迷惘。懂了懂了。」

聽到他說了那種莫名其妙的話，就連我都不解地皺眉。

「這、這是什麼意思？」

「你們有興趣嗎？對幸福的本質。」

看那鎮上居民用一種意味深長的表情回話，深實實這下也困惑地回應「是、是在說？」

「哎呀失禮了。也差不多要黃昏了。今天我黃昏的時候會發現鎮上有個小女孩在惡作劇，那我也差不多該失陪了。」

「咦？啊，好的。是這樣啊。」深實實隨即答腔。

「那麼，先為貝爾大人和既定的幸福致敬。」

鎮上居民似乎不打算繼續說下去，就在這個時候。

「──是你們！」

我聽見一個稚嫩的聲音。我們幾個人轉頭看過去，結果發現是小玉玉在那邊。

「咦？……小玉!?」

「喔喔！小玉玉！」

「夏林同學。原來妳在這座城鎮啊！」

我們三個很開心，在一旁的城鎮居民表情則變得凶狠起來。

「哎呀？原來是鎮上的小女孩花火，妳的行為跟行程表有出入呢。果然是想背叛我們。」

「啊……沒有……」

聽到鎮上居民說出那種危險的話，小玉玉害怕地後退。

「我懂了。在這的各位原來都是背叛者的同夥啊。」

「這、在說什麼？」

深實實在那位鎮上的居民和小玉玉之間來回張望，於一旁觀望情況。

「背叛者只有死路一條。」

「死、死路一條？」

「感覺氣氛好像不太妙!?」

我跟深實實互看。

「既然這樣……喝！砂舞暴！」

在說這句話的同時，小玉玉手中出現一股像是能量的東西，那東西打中地面。緊接著砂石就飛揚起來，轉眼間阻擋了人們的視線。

「唔哇!?好大的風沙!?」

「各位，趁現在過來這邊！」

我們三個人跟著小玉玉走掉，趁著風沙飛揚，一行人跑到小巷子裡。

＊　＊　＊

我們逃到小巷弄深處後，再次共享重逢的喜悅。

「幸好遇見你們！深實實和友崎同學……還有風香，好像變小了？」

「我……這次好像負責扮演妖精。」

「不錯呢！很適合妳！」

聽到小玉玉那麼說，菊池同學羞紅了臉。說話直來直往的女孩子真不是蓋的。

只見小玉玉臉上堆滿笑容。

「太好了呢——出現了比小玉還要小隻的女孩！」

「妳好煩喔，多管閒事！」

深實實捉弄小玉玉，小玉玉則是發動犀利吐槽。這部分的感覺就跟平常一樣。

「話說小玉妳那身打扮是怎麼一回事！身上穿綠色的衣服？頭上搭配紅色髮帶，

對比色也太萌了吧！」

「這個嘛，我家是位在城鎮外圍的空手道道場，我是武師的女兒！」

「……這衣服看起來確實很像武師會穿的。」

我擁有的角色扮演遊戲知識讓我聯想到這點。身上穿著綠色的中國風服飾，頭上綁著桔紅色的髮帶。頭髮則是兩側都綁成短短的。

「小玉有練過空手道……身心都很強韌……可是很嬌小……好可愛。軍師，從今天開始我要變成小玉的粉絲！」

「不對吧，妳怎麼一直在當別人的粉絲。」

我出面安撫將要失控的深實實，結果她俏皮地吐舌。

「……先別管那個了！」

這時小玉玉認真起來用犀利的語氣指正。

「說得也是。剛才那究竟是什麼情形？」

「嗯……其實這座城鎮有點怪怪的——」

被菊池同學那麼一問，小玉玉開始娓娓道來。

＊　＊　＊

「原來是這樣……那個鎮上的居民說的是這個意思啊……」

聽完小玉玉所說，我才意會過來。

「那——也就是說這座城鎮……所有居民的行動全部都由那個孝弘……應該說是貝爾來控制？」

深實實也跟著邊想邊整理小玉玉說過的話。

「嗯，每個人都會拿到一個叫做『行程表』的東西，必須按照行程表來行動。像是在那邊做什麼、要跟誰當朋友、要和誰結婚。他說只要照著做一定就能獲得幸福。」

「獲得幸福……是嗎？」

這時菊池同學一臉凝重地發出呢喃。

「身為鎮長的貝爾先生原本是很厲害的占卜師……若是照著他的話做，確實就會遇到好事，也會有好的工作，聽說人生會過得很幸福……」

「但是卻沒辦法做自己想做的事情。」

在聽這些話的同時，我感到那想法和小玉玉的中心思想有出入。

「也就是他不容許其他人擁有自由意志吧。」

「嗯——就是所謂的反烏托邦。」

小玉玉再次點點頭。

「在這個世界中，我的爸爸和媽媽也是根據行程表相遇，所以他們很感謝貝爾大人，雖然話是這麼說，我卻覺得那樣的生活很無趣……」

「啊哈哈！小玉沒辦法過那種生活吧！」

「嗯，所以……」

不巧在這個時候。

「有了——！在那邊！」

小巷子另一頭有聲音傳來。伴隨著不祥的預感，我們轉頭看，發現有個身穿盔甲的士兵正用手指著這邊。

「……照這樣看來。」

「不願意按照行程表走的人會被當成背叛者，遭到追捕！」

「果然沒錯！」

不好的預感成真了，我們一下子就被逼到小巷子的盡頭。

「追到你們了！你們無路可逃啦！」

「被找到了！好——看來只能上了！」

即便處在危急的狀況中，深實實還是當作在玩遊戲，用很雀躍的語氣回應。

「大家小心！對手比剛才的史萊姆還要厲害好幾倍！」

「沒問題——！就交給本人深實實吧——！」

「深實實，妳是盜賊，嚴格說起來應該是輔助型的才對喔。」

「咦？」

「沒關係！我是武師可以戰鬥！」

「好。那我跟小玉玉打頭陣，深實實妳去擾亂敵人！那我們上吧！」
「嗯——感覺跟想像中的不太一樣呢。」
沒空去管在那邊抓臉頰的深實實，我們跟士兵的戰鬥開始了。

＊　＊　＊

場景轉變，我們所在的區域變成像是箱子的形狀。看來沒辦法從這次的對戰中逃離。
「要戰嗎，可惡的背叛者！呃——小心貝爾大人的栽培……？他會栽培喔！」
那個士兵話說得顛三倒四。聲音就像剛才的史萊姆那樣，和竹井很像。
「栽培？」
一頭霧水的我隨之回問。在一小段沉默後，深實實恍然大悟地開口。
「……我在想……他應該是要說制裁吧？」
「啊，制裁的字面文字和栽培的栽字很像呢。」
菊池同學這下也會意過來了，那名士兵開心地指著那兩人。
「對就是那個！制裁！」
這讓我發出嘆息。
「竹井……現在明明是在戰鬥，感覺卻一點都不緊湊……」

「你、你管我！」

那個士兵也就是竹井亂了套，深實實沒有放過這瞬間。

「有機可乘！看招！」

深實實拔出腰上的小刀，朝著士兵砍去。然而——

「哼！傷不了我啦！」

「被擋開了⁉」

深實實的攻擊對士兵行不通。

「原來盔甲能夠抵擋物理攻擊呀！糟糕，我們這邊沒有能夠使用魔法的隊員。」

在我們手忙腳亂的當下，士兵用竹井的聲音大喊「喝啊！」，揮舞那把大劍。大劍是瞄準深實實揮過去的。

「深實實，危險！」

「軍師⁉」

下一瞬間。

我擋在深實實前方，承受士兵的攻擊。

「唔……」

「友崎同學，你還好嗎⁉」

「軍師，抱、抱歉，害你還要保護我……」

「不，沒關係。在我們這支隊伍中防禦力最高的就是我……再麻煩幫用一下回復道具。」

「軍、軍師……我知道了！」

深實實從選單中選擇了道具，然後用在我身上。

「謝謝，身體變輕鬆了……不過，該怎麼做才能傷到他……」

就在這個時候，之前一直在觀望情形的小玉玉上前。

「……讓我試一下！」

緊接著小玉玉就壓低身體擺出陣勢，然後朝著敵人猛衝。

「喝！掌打！」

小玉玉在放低的姿勢中發出這道攻擊，將士兵的頭盔向上撞。

「喔、喔喔!?頭好暈啊!?」

「他、他在搖晃!?」

菊池同學見狀大吃一驚。

「我試著把震動力道傳過去，要讓他頭暈！」

小玉玉這時用很有朝氣的語調回話，深實實看了心情好像有點複雜。

「咦？小玉好像變成一個很厲害的武師了？」

「嗯——其實是看了那個竹井的盔甲才臨時想到……」

「原來如此……這角色扮演遊戲是會在戰鬥中靈光一閃學會技能的啊？……深實實！」

「嗯？」

「妳仔細觀察對手！有沒有想到什麼點子？」

「觀察對手是指……嗯？」

「是不是有靈光乍現的感覺!?」

「呵、呵、呵～接下來就看本人深實實的表現！」

深實實一說完就靠著她自豪的腳力衝出去。瞬間就衝進士兵的懷中。

「好快──!?」

「來，小事一樁。」

伴隨著「喀嚓喀嚓」這種像是開門鎖的聲音，盔甲隨之拆解，發出喀啦喀啦的聲音瓦解掉。士兵的肉身逐漸外露。

「這招就對了，防禦破壞！」

「盔甲被拆下來了！」

「接下來就交給你了，軍師！」

「沒問題──！唔喔喔喔喔！」

我在那之後加速衝過去，用勇者的劍將士兵一刀兩斷。並不是實際上真的砍斷，而是手上留有給予對方傷害的觸感。

「呀啊啊啊啊啊!?被幹掉啦──!?」

然後那個士兵就用竹井的聲音大喊，當場倒下。

「很好——他倒下了！」

「解決掉了呢！」

深實實和菊池同學發出歡呼，小玉玉則是看著倒在路上一動也不動的士兵，嘴裡念念有詞。

「……竹井，感覺他好可憐。」

「好吧那也是事實。」

就在這一刻。之前那種舒暢的感覺在身上遊走，而且還連續發生好幾次。

「這感覺是……等級連續提升嗎？」

「感覺身上都起雞皮疙瘩了！」

小玉玉也用很驚訝的語氣接話，深實實不知為何在那扭動身軀。

「這種感覺會上癮呢。」

「別上癮別上癮。」

我們正沉浸在這種感覺中，卻看到倒在地上的士兵朝著天邊舉起左手。

「貝、貝……貝爾大人好幸福〜〜〜！」

說完這句話後，聲音跟竹井很像的士兵就無力地放下手。小玉玉小心翼翼靠近觀察他的樣子。

「他、他不會動了。」

我也跟著點點頭說「真的」。這個時候深實實好像發現了什麼，她開口說了一句話。

「但最後那句臺詞……應該不是他好幸福，而是祝他好運吧……」

竹井說的最後那句話。剛才也把制裁說成栽培，那傢伙好像又搞砸了。

「啊，他又把臺詞唸錯……」

「畢、畢竟他是竹井，沒辦法。」

菊池同學在說這話的時候好像很尷尬，我趕緊幫忙打圓場。我這是在掩飾什麼啊。

「……對啊。先不管那個人！我們快逃吧！」

這時深實實突然回過神，對著大夥嚷嚷。

「也對，在這邊可能會遇到追兵，而且敵人好像是那種碰到背叛者不會客氣，會武力相向的類型……」

我冷靜分析狀況，小玉玉顯得有點不安。

「嗯、嗯，但是……」

深實實則是拍拍她的肩膀。

「有話要說晚點再講！總之我們先跑到安全的地方吧！」

「我、我知道了！」

於是我們幾個繼續往小巷子的另一端跑去。

＊　＊　＊

我們在城鎮上到處打轉，看看能不能想辦法脫身來到安全的地方，但每次被鎮上居民發現就會引發騷動，被他們擋住去路。

「可惡……！不管跑到哪邊，都會被城鎮上的居民認出來……！」

跑在最前面的我有感而發，小玉玉一臉焦躁地回答。

「我想應該是大家的行程表被加上緊急變更項目了……這能夠透過魔法的力量即時改寫……」

「那我們就只能暫時離開城鎮了吧？」

「能夠離開城鎮的門大概全都被封閉起來了。如果要出去，沒辦法找到能一口氣逃走的路就……」

小玉玉說這話的語氣很著急，並且看看四周。

「唔——都沒有人能夠幫幫我們嗎!?」

聽到深實實那樣大叫，靈光一閃的小玉玉抬起臉龐。

「……走這邊！」

「妳想到什麼好點子了嗎!?」

「嗯，我之前一直躲在某個地方！是家人把我藏在那邊的！雖然不知道空間夠不夠所有人躲藏，大家小心不要被尾隨！」

這話讓深實實開心地笑了。

「知道了！剛才等級提升讓我學會了新技能，叫做潛行，可以用那招擺平！」

「喔喔！不愧是盜賊！拜託妳了！」

「包在我身上——！全體技能『潛行』！」

於是我們四個人就隱身起來，穿過那片巷弄。

＊　＊　＊

「我們偷偷摸摸走一陣子了……是不是到了？」

深實實嘴裡說著八成可以算是多餘的牢騷，腳部那邊一直有光芒發出。我想應該是發動了「潛行」這個技能的關係。

「嗯，就是這。」

「這裡就是……小玉玉的祕密基地？」

「這個是倉庫吧。」

在我跟菊池同學的視線前方，那裡有一個古老的木質小屋，看起來不像給人居住的地方。

「這裡是倒店的道具店，裡面倉庫有一堆能夠讓人吃很久的食物，所以我都躲在這裡。大家按照行程表行動，早就忘記倉庫的存在了，目前還算安全。」

「原來是這樣……」

深實實這話說得很不安，總之我們所有人決定都進到裡頭。

「目前爸爸跟姊姊在這邊……媽媽她大概去輪班取水了吧？」

「小玉的爸爸和姊姊你們好……什麼!?是優鈴!?」

深實實跟人在裡頭的泉對上眼，發出驚訝的呼喊。

「咦!?是、是你們!?」

泉在我們之間依序張望，那句話從她口中脫口而出。突然就遇到泉也讓我大吃一驚。

「妳、妳怎麼會在這!?」

緊接著小玉玉就用理所當然的語氣回應。

「我忘記說明了！其實呢，她就是我姊姊。」

「姊、姊姊……？」

面對這具有衝擊性的告白，深實實臉上浮現複雜的神情。

「嗯沒錯！花火變成我妹妹了！」

「原、原來是這樣……？我可愛到不行的小玉……變成優鈴的妹妹了……這……」

「深實實整個人都在晃動……」

感到困惑的我在一旁看著深實實進入迷航狀態。究竟深實實最後會得出什麼樣的結論呢？

「——這樣行得通！」

「喔是這樣啊，那就好。」

畢竟是深實實，自然會變成這樣嘛。我無力地發出嘆息，就在這個時候。

「呃——咳咳。」

一個看起來像是小玉玉父親的人乾咳幾聲清清喉嚨，可是那聲音在乾咳的時候聽起來完全就跟竹井一樣。

「是竹井。」

「是竹井同學吧。」

一面說著，我跟菊池同學除了偷笑還互看了一眼。

「你們是何人？」

「啊，不好意思。那個——你是泉的父親對吧。」

聽到深實實那麼說，男人心情不錯地綻放笑容。

「就是說啊！」

「果然是竹井。」

「你是竹井同學吧。」

再一次，我跟菊池同學兩人互相對望。

「我們是小玉和泉的朋友！」

「是嗎原來是朋友啊！那你們別客氣慢慢來！」

那位父親先是用輕快的語調說了這番話，接著就用力豎起大拇哥。這根本就是竹井吧。

「感覺好隨便。」

「未免太沒有威嚴了……」

就在這個時候，小屋外頭傳來像是爭鬥的金屬碰撞聲和毆打聲。

「咦……！那是什麼聲音！」

即便用的是竹井的聲音，父親依然發出焦急的呼喊。

「從外面傳來……那、那媽媽不就!?」

當泉用焦慮的語氣說完，小玉玉也為之愕然。

「怎、怎麼會這樣！」

在那之後我們所有人飛奔到外頭，發現那邊留下──

「看、看這個！」

「有好幾道足跡，還有打鬥的痕跡……這個是血吧。」

那些痕跡怵目驚心。看這情況顯然出大事了，泉見狀高聲呼喊。

「騙、騙人!?」

然而她媽媽和士兵的身影早就從那邊消失了。

「那是不是……被人抓走了？」

「按照目前狀況看來大概是那樣……不，也許……已經喪命了……」

聽說了深實實和我的推斷，泉的父親也就是竹井露出絕望表情，看起來一點都不像竹井會有的。

「怎麼會……按照行程表做事情的士兵應該不會來這一帶才對……」

然而有人比他的表情更加凝重，那個人就是小玉玉。

「都是我的錯……」

「花火？」

「都怪我又做了不該做的事情……行程表才會被更新……」

在她說話時，聲音越來越小、越來越微弱。

「是、是有那種可能性，不過反正這只是個遊戲嘛！」

「對對！既然只是個遊戲，責任感不用那麼重沒關係！」

深實實和泉想用這些話說服小玉玉，可是她卻不領情。

「但是……這遊戲做得那麼真實，就好像在對待真的人一樣。」

「這、這個……大概是吧？」

泉臉上的表情看起來似乎暗指她私底下並無法感同身受，卻還是配合著附和。

「好吧，小玉……原來妳是這麼想的啊。」

深實實則是點點頭表示她能明白。

「得去救媽媽才行。」這時小玉玉帶著決心抬起頭。「那是我和泉的媽媽，我們必須要去救她！」

「花火……」

菊池同學話說到這邊突然有所驚覺，我也很能體會小玉玉的心情。

「……說得對。」

因此我便用強而有力的語氣續言。

「軍、軍師？」

「好吧的確，畢竟這只是一個遊戲，就算死掉也沒關係，這麼說有道理。因為那又不是真人。」

「嗯，沒錯。」泉聽了點點頭。

「可是……不能因為是遊戲就隨便玩一玩。就因為這是遊戲，隨時都要認真對應，那才配稱作遊戲玩家……我是這麼想的。」

當我說出自己的看法，菊池同學就跟著呵呵笑。

「說得對呢。」

沒想到她會認同我的看法，我感到驚訝之餘也很開心。

「我也贊成。雖然只是隨機分配的角色，但既然都要玩了就要全力以赴，那樣才能體會到樂趣。」

「……謝謝，我很麻煩對吧。」

看到小玉玉這話說得有點灰暗，深實實就用力拍拍她的肩膀。

「沒這回事！……不對，正確說來應該是麻煩歸麻煩，我卻很喜歡妳這點，意思大概是這樣吧？」

「嗯——謝謝妳。」

小玉玉將目光別開，在回答的時候臉有點紅紅的。

「那好，我們就把這個當成是真的，來去拯救妳媽媽吧！既然她可能還活著，那我們就要盡全力把握這個機會！」

我很有勇者風範地率領大家。既然是在遊戲裡頭，那這點事情我也能辦到。

「是、是這樣嗎!?好！大家都這麼說了，那我就來幫忙！」

泉似乎還沒有完全進入狀況，但還是願意與我們同進退。

「那就來展開拯救你們兩人媽媽的大作戰！」

深實實精神抖擻地宣布，這時菊池同學好像突然間想到什麼，她轉眼看向泉。

「啊，對了，泉同學妳的職業是什麼？」

「職業？」

不太玩遊戲的泉有聽沒有懂，我適時補充。

「啊——就是說，妳是魔法師還是戰士那類的。」

「啊——原來是這個！上面好像寫著我是白魔導士。」

「喔！那就是能夠替大家回復了！」

「嗯！可以使用回復魔法之類的！」

這就是我們期盼的人才，我滿意地點點頭。深實實也露出開心的笑容。

「那對我們來說正好！剛才才講到隊伍裡面真希望有個人能夠幫忙回復！」

「很好，有這樣的隊伍成員就沒問題了吧！隊伍中有勇者還有武師，再加上盜賊跟白魔導士，這樣的平衡性還不賴。」

「好耶——！既然決定了就趕快出發吧！」

聽到深實實那麼吆喝，大家異口同聲回道「喔——！」。

「啊，在那之前先隨便在城鎮外圍找些士兵來殺，先來提升等級吧。」

「軍師你還真實在!?」

＊　＊　＊

我們來到貝爾的宅第前。

「總算來了……」

深實實看著聳立在眼前的宅院開口道。

這裡就是敵人的大本營，稍有疏忽就會在轉眼間被人幹掉吧。

「大家的等級都提升了不少呢。」

成員們聽到菊池同學那麼說紛紛點頭。在城鎮外圍提升等級後，打到一半我們就對等級提升的感受上癮了，所以我想應該又趁機變強了不少。不過這拿來打關卡頭目適不適用，那就另當別論。
「這裡就是水澤在的房間……」
此時我緊張地喃喃自語。
「啊，他的名字好像叫做貝爾，還是那樣叫他好了？」
「不用了啦！好麻煩！」
「隊員們是這麼說的，菊池同學。」
「這、這樣啊……」
在小玉玉跟我毫不掩飾地說出心裡話後，菊池同學變得垂頭喪氣，整個人都縮了一圈。抱、抱歉。
「那接下來該怎麼辦。要正面堂堂正正迎戰嗎……可是這種時候通常正面迎戰都很容易落入圈套……」
我在這時若有所思地開口，結果深實實指著房子的後方。
「啊，那樣的話……走這邊！」
「妳心裡有譜了？」
泉錯愕地問她，深實實則是得意地豎起大拇哥。
「不是啦，我提升等級後學會開鎖的技能，我想應該能夠從後門之類的入侵！」
「喔——！小偷果然厲害——！」
雖然泉這話說得很雀躍，但她對電玩遊戲又不熟，我想應該是勉強說出那種話的。而深實實則搖搖手指說「不不」。

「我是盜賊！說我是小偷感覺好遜！」

「哪種都好！快走吧！」

那反駁被小玉玉一刀兩斷。另一方面，我獨自一人沉浸在喜悅中。

「呵、呵、呵，等級提升總算有機會大顯身手。」

「軍師你笑得好噁心……」

「那──入口是在……」緊接著泉就找到門了。「啊！」

「好像有疑似入口的東西。」

「很好──那我們趕快進去看看吧！」

就這樣，我們踏入屋子裡。

＊　＊　＊

──在同一時間。屋內的二樓。

那裡出現兩道人影。

「看樣子他們進來了。」

「的確，孝弘，你想辦法處理一下吧？」

一抹女性身影就坐在王座上，有個聰明伶俐的型男在她身旁侍奉。

兩人的身影浮現於黑暗中，看起來好像有點開心。

「……不是說在這邊要叫我貝爾嗎？」

「哦？那你也要確實對我畢恭畢敬吧？」

「是，是那樣呢。魔王大人。」

「很好。」

「那我就先過去看看好嗎？」

「……『好嗎』？」

「啊——能否容小的去一趟？魔王大人。」

「呵呵，也對。就交給你了，孝弘。」

「就說了……好啦是是，我知道了。遵命。」

＊　＊　＊

「看來一樓沒人。我透過盜賊的感應力查看了，但好像沒有人。」

「盜賊真方便。」

深實實徹底運用她的技能，我除了消遣她，同時也感到佩服。

「我想……地下室跟二樓有人！」

「那地下室應該是監牢，貝爾應該在上面囉？」

「這種可能性滿高的。在角色扮演遊戲中牢獄往往設在地下……也就是說！」

聽到我那麼說，小玉玉的表情瞬間一亮。

「媽媽她果然還活著!?」

「目前還不確定，也有可能只是有人在那邊看守。」

我一直保持冷靜，提出還有這種可能性，小玉玉也覺得有道理。

「……也是。那我們走吧！」

於是我們五個人前往地下室。

「啊，那邊！」

只見菊池同學用手指指向某處，那裡有一道女性身影。

「在牢獄中有女性身影……那就表示！」

我這話才剛說完，深實實就跟著接話。

「那一定就是妳們兩個人的媽媽！」

我點點頭。這下親子之間要上演感人的重逢戲碼了——

不料那兩個人的母親卻用「竹井的聲音」說話。

「……優鈴鈴！小玉～～！」

「不是吧，連母親都是竹井來配音的嗎！」

那害我一不小心就大嗓門吐槽。不能怪我，因為怎麼會有這種事啊。這部分好歹要安排得美好一點吧。

「這下連感動都感動不起來了……」

就連深實實都在苦笑，不知道該如何回應才好。那也難怪。

「把這個當成是真的，要來拯救媽媽的花火，還真是厲害……」

「嗯？就算那是遊戲設定，母親還是母親啊！」

小玉玉回得理所當然。接著泉就轉頭看大家，想要找救兵。

「沒辦法帶入情感的我也沒錯吧!?是不是!?」

「話是這麼說沒錯……」

「這確實不是妳的問題——」

我話才說到一半。伴隨著開門的聲音，有個男性嗓音傳來。

「到此為止。」

「……這個聲音是水澤……說錯，是貝爾。」

看我這麼說，貝爾嘆口氣答道「真是的」。

「受不了，你們乖乖到下一座城鎮去不就得了……沒想到會以這種形式發現祕密。」

「廢話少說！把媽媽還來！」

小玉玉是真的有把情感帶入，她開口要求。好強。水澤看起來也很配合。

「那可不行。」

看著他們兩人對話的泉和深實實正在小聲交談，說著「我說，阿弘是不是也很投入啊？」、「優鈴，別把那種事情說出來」。水澤確實從剛才開始看起來就很樂在其中。

「那邊那兩個，別竊竊私語。」

當水澤疾言厲色地斥責後，泉就回道「是、是！」，把背脊挺直。

「不過你幹麼把別人的母親抓走！」

我配合演出說了這番話，水澤這才緩緩地道出真相。

「因為她想要妨礙我打造出理想城鎮，只是這樣罷了。」

「理想城鎮……？」菊池同學跟著複述。

「我擁有能預知完美理想型態的力量。只要我把上天給我的啟示實際運用，讓所有事情都按照預定計畫發展，那就會打造出人人平等又幸福的世界。當然人類和魔族也都會是平等的。」

聽到水澤那麼說，小玉玉氣得大叫。

「那麼做根本就無視大家的心情！有些人還有自己想做的事情！」

那是放入情感的強硬語氣。可是水澤聽了無動於衷。

「某些人有自己想做的事情。小女孩，妳說的話確實也有一些道理，可是大部分的人都不是那樣。沒有自己想做的事情，有人給他們下指令還覺得比較輕鬆，那些人光這樣就會感到幸福。妳想要走上自己選擇的路，可是強迫其他人也這麼做，那樣真的是對的嗎？」
「這、這個……」
「如果妳想獨自一人離開城鎮，我不會阻攔妳。可是連家人和朋友都洗腦，想要大家一起離開城鎮的話，我就不能視而不見了。因為妳的家人和朋友對我這座城鎮而言，是重要的一部分。這麼說有錯嗎？」
「……唔！」
「小玉……」
聽到水澤那麼說，小玉玉頓時不知該如何回應。
「就好比妳想要用強大的方式活下去，而不希望他人否認，這個世界上也有人肯定弱小的生活方式。而對那些弱小的人提供『既定的幸福』，就是這座村莊要做的。」
「被、被你這麼一說……」就連菊池同學都有點說不過他。
「原本在妳鼓吹之前，妳的家人都在這座城鎮上幸福過生活，沒有任何質疑，不用操多餘的心。破壞這些的就是妳，花火。」
「那、那種事情……我……」
就在這個時候。
原本都低著頭的泉突然把頭抬起來。
「……但是！」

「泉……!?」

「但就算是那樣，家人依然很重要！」

她坦率地說了這麼一句話。這讓小玉玉愣愣地看著泉。

「……優鈴。」

「或許那都是自私的任性……但還是希望重要的家人不是『城鎮的一部分』，而是能夠『做自己』，這麼想真的有那麼差勁嗎!?」

「在說什麼無聊話……」

「孝弘你應該懂吧!?能夠堅定自我的人，不是很帥氣嗎！」

「……我不是孝弘。是貝爾。」

「就算你是貝爾也一樣！你懂的吧!?」

「……真是的，懂啦懂啦。」

「貝爾，不對，孝弘……？」

「是要喊得多麼認真啊。話都說到這個份上了，連我也有點想改過自新。」

一邊說著，貝爾也就是水澤突然整個人放鬆下來。

「那就是說，水澤……」

「其實也行啦，要我把小玉的家人都放走也行。其實這個鎮上少三、四個人也沒什麼大不了的。」

「……你能夠體諒嗎？」

「也不是能不能體諒的問題……雖然以貝爾的立場來看不能接受，但我個人被泉說服了，所以要避免跟你們戰鬥。」

「孝弘！你還是有優點的嘛！」

這時深實實發出開心的呼喊，水澤也冷靜地吁了一口氣。

「算是吧。那事情就是這樣，趁還沒被發現前趕快回去吧——」

不料就在這一刻。

「喀喀喀」的硬質鞋踩踏聲在房間裡響起，那聲音逐漸靠近。

「哎呀，貝爾，這樣手段是不是有點太柔軟了？」

「看吧，說人人到。」

在一聲「啊——啊」之後，水澤面露苦笑。腳步聲越來越大，最終有個人從裡面那道門現身。

「——各位，別來無恙。」

「……葵!?」

那人就是顯然一身魔王打扮的日南葵。

「哎呀，你們都是庶民，沒資格叫得那麼熟稔。我可是魔王——魔王日南葵。」

「魔、魔王……」就連菊池同學在開口說話的時候，都被她震懾住。

「總算真的變成魔王了……」

大家都被那股魄力鎮住，我跟大家看的是不同的層面，心中有種佩服的感覺。

「唉——唉，既然事情變成這樣，就不干我的事囉，這下你們想逃也逃不掉。」

這話水澤是挑著單邊眉毛說的，泉則明顯露出害怕的神色。

「怎、怎麼辦，要、要戰鬥嗎⁉」

「可、可是對方散發出強大的高手氣息呀⁉」

深實實也因應局勢反應，一點一滴表現出著急的感覺。畢竟這個日南的魄力不是蓋的。

「說對了。光憑你們幾個沒辦法打倒我……不過，我並沒有跟你們對決的意思。」

面對這意想不到的發言，小玉玉不解地歪著頭。

「是這樣嗎？」

「我只是想打造出魔族和人類能夠平等生活的世界罷了。」

泉也像是在探尋她話裡背後的真實用意，一直看著日南的眼睛。

「魔族和——人類？」

只見日南點點頭。

「如今這個世界幾乎是由人類來掌控。可是在我的理想之中，我希望兩者共存。不特別以哪一方為優先，單純各過各的生活。」

「若能辦到這點固然是件好事……但那在現實中很難成真吧。」

「這……可是問題在於……魔族不是會吃人類嗎？」

聽到我和菊池同學如此反駁，日南用徹頭徹尾的冷靜態度回話。

「是沒錯。不過那就跟人類會吃家禽是一樣的道理。所以我們魔族可以答應你們，會購買拿來當家禽的人類，只吃從這種管道得到的肉。對了，就好比來自像這座城鎮一樣的牧場。」

聽到這邊我總算明白了。

「啊——原來如此……換句話說，這座城鎮會徹底管理人類，是形同飼養他們當家畜的牧場，故事上的設定是這樣啊。」

「別說什麼故事不故事的。」

「啊，抱歉。」

我這種出戲的發言被日南指正，有那麼一瞬間，大家陷入沉默。好尷尬。此時日南重新振作，咳了一聲清清喉嚨。

「……總而言之，魔族和人類會平等分配居住地，魔族會飼養人類當家畜來吃。相對的不會對人類的居住場所出手，當然也不會對人類飼養家畜來吃這件事情指指點點。你們如果想要養魔族來吃也無所謂。這樣如何？」

「那樣聽起來好像是很公平沒錯，可是……」

「那就表示會容許像這座城鎮的牧場存在對吧？」

深實實和泉似乎拿不定主意。

「不行啦！不能容許那樣的牧場出現！」

「可是人類的確也會飼養豬隻和牛來吃……」

「啊！對、對喔，是有這麼一回事……」

小玉玉被菊池同學的說法打動。

「怎、怎麼辦⁉軍師，這種時候該怎麼做比較好⁉」

「咦咦⁉問、問我嗎⁉」

「對啊友崎！遇到這種艱澀的問題，我也不曉得該怎麼辦！」

深實實那麼強人所難，泉居然也跟她同調，這下難題全都落到我頭上了。怎麼會這樣。

「太、太扯了……」

「你可是最強的遊戲玩家，這點小事應該能找到答案吧！拜託你了！」

「既然深實實想交給你辦，那我也要拜託你。」

就連小玉玉都用直率的眼神看著我說出那種話。拜託這種時候別用那麼正直的眼神看我。

「嗯，再說你這次還是扮演勇者。」

「唔……被你這麼一說。」

水澤嘴裡冒出的這句話對我而言是最關鍵的一句。這種時候確實應該由勇者來做出選擇，以遊戲的邏輯來看啦。無從反駁。

有鑒於此，我開始思考。事情確實如日南所說，從整個構造上來看是平等的。假如能夠一直維持下去，想必會締造和平局面……然而——

「不，就算是那樣也不能放任。」
得出答案的我，將那答案理直氣壯地說出口。
「……哦，為什麼？」
「人類確實會吃豬隻和牛，一直默許這件事進行。」
「我說得對吧？」
只見日南用高壓的語調答道，等著我把話說完。
「不過，就算要比照辦理，飼養人類來吃，而整個系統運作上也如出一轍——還是不能允許！」
「友崎同學……」這時我聽見菊池同學擔憂的聲音。
「比起平等，更希望擁有的是不平等。你想說的是這個吧？」
「沒錯！因為我們可是人類！」
「……愚蠢的自私心態。」
在一陣皺眉後，日南失望地開口，但我依然堅定自身意志。這是以勇者友崎的身分給出的答案。
「很好——軍師！我明白了！」
就連深實實都跟著充滿朝氣地頷首。
「嗯！那我也要戰鬥！」
「說得對！我也是那麼想的！」

再來是小玉玉，她直率地點點頭，泉也隨即點頭以對。

「是這樣啊。因為你們是人類——是嗎？」

此時水澤愉悅地揚起嘴角。

「……那就可惜了。既然如此，看我一出手就讓你們粉身碎骨。」

「可惡……這股壓力……實力差距果然太大了嗎……」

那股氣魄幾乎要將我吞噬，我用力咬緊牙關。

「就算是那樣，都決定要做了，只能硬著頭皮上！」

就算被這股壓倒性的氣魄壓過，深實實還是說了很正面的話。

「媽媽，如果我被打倒，那就對不起了……！」

小玉玉也做好了覺悟，目不轉睛地看著葵。

「要是有什麼萬一，我會負責回復的，就算只剩你們幾個也要逃走！」

泉很有白魔導士的架勢，看來她打算好好善盡自己的職責。

不料就在這時。

負責當導覽角色的菊池同學——說了這番話。

「……各位，不會有事的！那個……根據細則手冊指出，這個遊戲是體驗版——魔王的強度已經設定成可以讓我們輕鬆打倒的程度！」

「咦，是這樣嗎？」

最先發出傻眼驚呼的就是魔王本人。

而我們也明白那句話代表的意思了──緊接著。

「唔喔喔喔喔喔喔！」

一場四對一的單方面蹂躪開始了。

＊　＊　＊

於是我們就把中看不中用，各項數值都很低落的魔王日南葵虐得體無完膚。

「可、可惡……看來到此為止了。」

「還真是易如反掌。」我在這時帶著壞笑回應。

「我的ＭＰ還有剩！」泉也還活力充沛。

「我並沒有認真起來給予打擊。」小玉玉則是一副滿不在乎的樣子。

「因為葵動作太慢了，我也是連傷都沒傷到！」深實實這邊換成開心地燦笑。

「為了避免受到波及，我一直在旁邊袖手旁觀喔。」水澤選擇帶著輕笑看視日南。

「看來在城鎮外圍提升等級起到作用了。」

「對啊，仔細想想玩體驗版還提升等級根本是邪魔歪道吧。」

嘴巴上這麼說，那結果還是讓我很滿意。很少有機會看到日南被人修理。這遊戲有沒有螢幕截圖功能啊？這一定要留存一下。

「……我喜歡去找強者攀附，從今天開始就跟你們站在同一陣線。」

「你呀！簡直就是牆頭草！」
聽到水澤說那種玩笑話，小玉玉用很犀利的語氣吐槽。
「唔……不過你們都給我記住……不是因為你們夠正確才獲勝……是贏了硬是顛倒是非變對的，要知道只是這樣罷了……！」
「這句臺詞說得不錯，但是妳太弱了沒說服力。」
「在角色扮演遊戲裡，遊戲平衡性果然也很重要，最好要跟故事劇情相呼應比較好。」
聽到日南最後說出的遺言，水澤跟我不忘消遣她。
「這算什麼……未免讓人太不服氣了……」
最後說完這句話，日南就「啪噠」一聲倒下。
「日南同學……再見。」
彷彿在祈禱一般，菊池同學目送日南。
從這個時刻開始，整個房間就開始播放很歡快的背景音樂。
「喔！是不是片尾曲啊。」深實實率先發話。
「玩起來好有趣喔！等到遊戲發售了，大家再來一起好好玩一玩吧——！」
雖然在母親身上沒辦法真的帶入情感，不過泉看樣子是真的玩得很開心。
「是啊，如果能夠繼承遊戲紀錄就好了。」
水澤也用很滿足的語氣附和。

「嗯——通常都會跟體驗版分開。」

我才剛說完這話，菊池同學就笑著說「不過」。

「……我玩得很開心。」

等她說完，小玉玉也神采奕奕地點點頭。

「我也很開心！」

聽到她們兩人如此表示，身為一個遊戲玩家，就連我都跟著高興起來。

「哈哈，妳們兩個平常看起來不像是會玩遊戲的，能玩得這麼開心太好了。」

被關在牢獄裡頭的母親也生龍活虎。

「好開心喔！」

「外貌明明是母親的樣子卻用竹井的聲音，真讓人無法調適。」

我才苦笑到一半。

從某處就傳來帶著回音效果的聲音。

『話說現場就少了我一個，這樣會不會太奇怪了？』

「喔，好像有聲音從天國傳來。」

「啊哈哈！葵難得這麼可憐！」

遇到這種罕見的狀況，水澤和深實實看上去笑得很開懷。在這之中最愉快的人是我。

「怎麼會這樣呢，感覺好爽喔。」

『是友崎同學？之後你給我小心點。』

「對不起請原諒我。」

日南厲聲警告得寸進尺的我。為了避免之後會增加課題，這種時候唯有道歉一途。

「呵呵，你們感情好好喔。」

菊池同學也跟著笑了。

「話說！真的會讓人覺得很愉悅！」

「不、不，沒那回事……」

泉似乎想要跟風，這下我著急了，趕緊支吾其詞混過去。

「啊！片尾曲結束了！」

那句發言來自深實實，她一說完，原本在播放的背景音樂就隆重謝幕。

緊接著瞬間沉默籠罩——

「Ｄ　ＥＮＤ！」

「是ＴＨＥ　ＥＮＤ才對。」

竹井老毛病又犯了，又把臺詞唸錯，我連這個都確實吐槽了。希望最後至少要好好收尾。

國家圖書館出版品預行編目(CIP)資料

弱角友崎同學8.5 / 屋久悠樹作；楊佳慧譯. -- 初版. -- 臺北市 ： 城邦文化事業股份有限公司尖端出版：英屬蓋曼群島商家庭傳媒股份有限公司城邦分公司尖端出版發行, 2021.08-
冊； 公分
譯自：弱キャラ友崎くん 8.5
ISBN 978-626-308-883-2 (第8.5冊：平裝)

861.57　　110009020

浮文字
弱角友崎同學 Lv. 8.5
（原名：弱キャラ友崎くん Lv. 8.5）

著　　者／屋久悠樹
繪　　者／Fly
譯　　者／楊佳慧
榮譽發行人／黃鎮隆
美術總監／沙雲佩
國際版權／黃令歡、梁名儀
總 經 理／陳君平
美術編輯／徐祺鈞
文字校對／施亞蒨
經　　理／洪琇菁
執行編輯／楊國治
內文排版／謝青秀
總 編 輯／呂尚燁
企劃宣傳／楊玉如、洪國瑋

出　　版／城邦文化事業股份有限公司 尖端出版
台北市中山區民生東路二段一四一號十樓
電話：（○二）二五○○─七六○○
傳真：（○二）二五○○─二六八三
E-mail：7novels@mail2.spp.com.tw

發　　行／英屬蓋曼群島商家庭傳媒股份有限公司城邦分公司 尖端出版
台北市中山區民生東路二段一四一號十樓
電話：（○二）二五○○─七六○○（代表號）
傳真：（○二）二五○○─一九七九

中彰投以北經銷／楨彥有限公司（含宜花東）
電話：（○二）八九一九─三三六九
傳真：（○二）八九一四─五五二四

雲嘉經銷／智豐圖書有限公司　嘉義公司
電話：（○五）二三三─三八五二
傳真：（○五）二三三─三八六三
客服專線：○八○○─○二八─○二八

南部經銷／智豐圖書有限公司　高雄公司
電話：（○七）三七三─○○七九
傳真：（○七）三七三─○○八七

一代匯集／香港九龍旺角塘尾道六十四號龍駒企業大廈十樓B&D室
電話：（八五二）二七八三─八一○二
傳真：（八五二）二五八二─一五二九
E-mail：hkcite@biznetvigator.com

新馬經銷／城邦（馬新）出版集團Cite（M）Sdn. Bhd.
E-mail：cite@cite.com.my

法律顧問／王子文律師　元禾法律事務所
台北市羅斯福路三段三十七號十五樓

二○二一年八月一版一刷

版權所有・翻印必究
■本書若有破損、缺頁請寄回當地出版社更換■

JAKU CHARA TOMOZAKI-KUN LV. 8.5 by Yuki YAKU
© 2020 Yuki YAKU
Illustrations by Fly
All rights reserved.
Original Japanese edition published by SHOGAKUKAN.
Traditional Chinese translation rights arranged with SHOGAKUKAN through The Kashima Agency.

日本小學館正式授權繁體中文版

■中文版■

郵購注意事項：
1.填妥劃撥單資料：帳號：50003021戶名：英屬蓋曼群島商家庭傳媒(股)公司城邦分公司。2.通信欄內註明訂購書名與冊數。3.劃撥金額低於500元，請加附掛號郵資50元。如劃撥日起 10～14日，仍未收到書時，請洽劃撥組。劃撥專線TEL：(03)312-4212 ・ FAX：(03)322-4621。E-mail：marketing@spp.com.tw